KB109592

학교 다녀오겠습니다

학교 다녀오겠습니다

발행일	2023년 11월 10일		
지은이	김유진, 이혜진, 박종희, 박미란		
펴낸이	손형국		
펴낸곳	(주)북랩		
편집인	선일영	편집	윤용민, 배진용, 김부경, 김다빈
디자인	이현수, 김민하, 임진형, 안유경	제작	박기성, 구성우, 이창영, 배상진
마케팅	김회란, 박진관		
출판등록	2004. 12. 1(제2012-000051호)		
주소	서울특별시 금천구 가산디지털 1로 168, 우림라이온스밸리 B동 B113~114호, C동 B101호		
홈페이지	www.book.co.kr		
전화번호	(02)2026-5777	팩스	(02)3159-9637
ISBN	979-11-93499-54-2 03810 (종이책)		979-11-93499-55-9 05810 (전자책)

(주)북랩 성공출판의 파트너

북랩 홈페이지와 패밀리 사이트에서 다양한 출판 솔루션을 만나 보세요!

홈페이지 book.co.kr   •   **블로그** blog.naver.com/essaybook   •   **출판문의** book@book.co.kr

작가 연락처 문의 ▸ ask.book.co.kr

작가 연락처는 개인정보이므로 북랩에서 알려드릴 수 없습니다.

학교
다녀오겠습니다.

김유진 이혜진 박종희 박미란

프롤로그

쫑티

"선생님, 우리 독서 모임 하는 건 어때요?"

이 질문과 함께 우리는 일 년 내내 큰 숙제를 안고 살았다. 물론 값지고 귀한 시간들이고, 나를 돌아보고 우리를 돌아보는 계기가 되었다. 그렇게 우리의 모임은 먹고 즐기는 편한 모임에서 인생을 논하고 성찰하는 진지한 모임으로 바뀌었다.

참 다양한 책을 읽었다.

'순례 주택, 이방인, 불편한 편의점, 빅터 프랭클의 죽음의 수용소에서, 2030 기회의 대이동, 있지만 없는 아이들…'
책을 읽는다는 것은 큰 기쁨이고 성취감이고 때로는 참회이다. 지나온 과거와 현재에서 부모님과의 관계, 자녀와의 관계, 학생들과의 관계, 지나온 학교생활들을 반추하는 시간들을 가졌다. 그리고 살아갈 미래에 대한 의지를 다졌다. 오랜만에 가지는 여유와 설렘이 되었다. '김이투박과 함께' 인생의 황금기는 언제일까, 아마도 지금 이 순간이겠지? 세상에서 가장 귀한 금은 '지금'이라고 누군가가 이야기했다. 그러기에 우리의 만남과 관계는 더욱 귀하다.

'김이투박'

이들의 만남이 어떻게 시작되고 어떻게 발전했는지 앞으로 어떻게 성장할 것인지를 이 책에 담고 싶었다. 글을 쓴다는 것은 고행이다. 평소 글을 쓴다고 해봤자 학생생활기록부에 기록하는 것이 다인데, 나의 글을 쓰려고 하니 부끄럽기도 하고 쓰기도 어려웠다. 처음 의도는 동화를 적어보려고 했지만 글재주와 상상력이 워낙 부족하여 우리의 글로 대체하였다. 나의 이야기이지만 글로 담아낸다는 것을 참으로 어려운 일이다.

얼마 전 '어서오세요 휴남동 서점입니다.'라는 소설을 읽었다. 고등학생 민철이가 엄마가 내주신 글쓰기 숙제에 골머리를 썩고 있을 때 작가인 승우에게 질문한다.

"작가님, 그럼 글을 제대로 잘 쓰려면 어떻게 해야 해요? 엄마가 제대로 잘 써서 내라고 했거든요."

"솔직하게 쓰라고. 정성스럽게 쓰라고. 솔직하고 정성스럽게. 그렇게 쓴 글이 제대로 잘 쓴 글이야."

공감이라기보다 위로가 된다. 잘 쓴 글은 아니지만 솔직하고 정성스럽게 적었다. 이 글이 기초가 되어 다음에 더 참신하고 좋은 글을 쓰고 싶다. 그때의 우리의 이야기는 동화가 되어 있을 것이다.

차례

⚹ 우리의 시작 ⚹

김이투박의 상징:
싹 다 비운 접시.

창, 원을 그리다 (쫑티 ver.)

쫑티

　인생에서 특별한 만남들이 있다. 5년 전 나에게도 그 인연들이 나타났다. 이들은 내게 도전을 주고, 힐링이 되고, 힘을 주었다.

　교직 생활을 하면서 우리 시어머니에게도 당하지 않았던 시집살이를 경험해 보았다. 사실 나는 정치를 잘 모른다. 누구 편에 줄을 서야 학교생활이 편한지, 관리자에게 잘 보여 내가 원하는 것을 쟁취한다든지 하는 정치 말이다. 늘 소문의 마지막이 나이기에, 내가 안다는 것은 모두가 다 알고 있다는 것이다. 그만큼 나는 둔한 사람이다. 그해 50대 중년의 여선생님은 그런 정치를 잘하시는 분이었다. 앞에서는 부드럽고 애교 있는 말투로 호감을 사고 뒤에서는 도마 위에 누구든 난도질을 하는, 참 뭐라고 해야 할까…, 불편한 시누이라고 해야 할까? 이간질하는 얄미운 고모라고 해야 할까? 아무튼 그녀로 인해 참 학교생활이 피곤했다. 여교사 휴게실에서 늘 다른 사람 뒷담을 하시느라 쉬는 시간, 공강 시간이 바쁘시다. 이런 분과 같은 학년부를 하고 있으니, 내가 얼마나 마음이 힘들겠는가. 나 같은 성격 미인(?)도 그런 사람 대하는 것이 거

북하고 밀어내고 싶고 섞이고 싶지 않았다. 그녀의 눈 밖에 나면 얼마나 상대를 차갑게 대하는지, 동장군도 울고 가지 싶다.

그녀가 우리 학년부 선생님을 정서적으로 학대하는 것을 보았다. 평소 아끼는 선생님이라 속이 몹시 상해서 오히려 내가 그분께 못되게 굴었다. 결국 찍힘을 받고, 갈굼 아닌 갈굼을 당하니 속상한 마음을 어디다 털어놓지 못해 괴로웠다. 그때 나에게 편이 되어주고 힘이 되어주고 힐링이 되어준 나의 절친들 김이투박. 그들로 인해 그 해 전쟁같은 학년부 생활을 견딜 수 있었다.

질리샘은 액티비티 그 자체이다. 스쿠버다이빙을 즐기고, 에베레스트산을 오르고, 네팔을 여행 다닌다. 나는 엄두도 못 낼 일들을 해낸다. 그 해 김이투박은 송정에서 처음으로 패들보트를 탔다. 혼자라면 생각조차 하지 않을 일들인데 말이다. 얼린 맥주를 가방에 넣고 야간 등산을 한다. 산 정상에서 바라보는 창원의 야경은 이루 말할 수 없는 풍경을 자아낸다. 그런 걸 우리에게 선물하는 사람이다. 감성이 예민하여 다른 사람이 보지 못하는 것들을 세밀히 관찰하는 예술가이다.

유똑샘은 정말 똑똑한 정보통이다. 기억력과 분석력이 우리 중, 갑이다. 마음속 귀가 커서 우리의 이야기를 항상 들어주고 조력해주고 지지해준다. 마음의 씀씀이가 커서 늘 자신보다 남을 더 위하는 사람이다. 수업 아이디어가 풍성해서 수업에 있어서는 그녀를 따라갈 수 없다. 구름 학교에서 열심 분자인데다 벌써 책도 여러 권 썼다. 이번 독서 모임 또한 그녀의 말 한마디로 시작되었다. 그 덕에 올해 참 많은 책들을 읽고 서로의 생각을 나눴다.

밀랑샘은 크리스천도 아닌데 바울 같은 인생을 산다. 잘 다니고 있던 학교를 휴직하고 가난한 외국에서 3년간 그들과 동고동락하며 한국어를 가르쳤다. 그들의 언어를 배우고, 그들의 정서를 이해하고, 그들의 아픔을 같이 했다. 그녀는 소위 '집안 가장'이다. 동생 모두를 자신보다 나은 스펙으로 키워냈다. 자신을 아끼지 않고 고생을 사서 한다. 물질의 풍요를 우습게 여긴다. 낡은 옷을 입고 뽐내는 당당한 그녀. 자존감 갑이다. 그래서 그녀가 멋지다.

나는 이들이 있어서 행복하다. 그녀들이 가진 창을 통해 새로운 것을 경험하고, 가치를 배우고, 서로를 인정해 줌으로써 우리는 하나의 원이 되었고 이제 더 큰 원을 그리려 한다. 비록 각자 흩어져 다른 곳에 있지만 우리는 연결되어 있다.

'먹고 기도하고 사랑하라'

이 영화처럼 행복을 위해 인생의 경험을 함께 쌓아 가는 동반자가 되기를 바란다.

창, 원을 그리다(유똑 ver.)

유똑

5년 전, 교직 생활에 위기가 찾아왔다. 신규교사의 티를 막 벗은 나에게 찾아온 첫 번째 위기, 그것은 동료 교사와의 불편한 관계에서 비롯된 것이었다. 같은 부서 선생님들 사이의 미묘한 신경전과 교무실의 불편한 공기들, 동교과 선생님과의 트러블 등 혼자서 해결할 수 없는 문제들이 여기저기 흩어져 있었다. 처음부터 그랬던 것이 아니었다. 서로 각자의 일에 충실하며 순항하고 있던 1학기가 끝나갈 무렵, 이유도 모르고 갑자기 분위기가 반전되어버렸다.

내 교직 생활의 첫 번째 위기가 그렇게 위기로만 끝날 것 같은 순간, 나의 교직 인생을 가장 빛나게 해 줄 순간을 만났다. 아니, 그것은 나의 '인생'을 빛나게 해 줄 순간이었다. 그해 여름이 시작되던 어느 날, 같은 부서의 불편한 공기에 대해 공감하는 그녀들과 자취방에 모여서 밤새 이야기를 나누었다. 특별한 이야기를 한 것도 아니었는데 새벽 5시가 되도록 수다를 떨고 각자의 집으로 헤어진 그날은 우리의 이야기가 시작되는 특별한 하루가 되었다. 더 이상 교무실에는 불편한 공기만 존재하는 것이 아니었다.

　그렇게 우리는 김이2박이 되었다. 김씨와 이씨 그리고 두 명의 박씨. 우리 관계에 이름을 붙이고 서로에게 특별한 사이가 되었다.

　학교는 매년 겨울이면 선생님들의 학교 이동으로 인해 어수선하다. 그해 겨울도 다르지 않았다. 어쩌면 얼른 학년부의 해체를 기다리면서 새로운 시작을 꿈꾸었을지도 모르지만, 나는 그녀들과 헤어지고 싶지 않았다. 하지만 학교 만기가 1년밖에 남지 않은 박씨와 가고 싶은 학교에 자리가 났다며 내신을 쓰겠다는 또 다른 박씨, 특목고로 전출을 희망하는 이씨. 그녀들이 내신을 쓰고 학교를 떠날 것 같은 분위기에 나는 갑작스럽게 내신서를 제출했다. 그녀들이 없이는 불편함만 남은 학교였기에……. 결론은 나 혼자 학교를 떠났다. 그녀들은 각자의 이유로 학교를 옮기지 못했다.

　'몸이 멀어지면 마음이 멀어진다'는 말은 통하지 않았다. 그렇게 4년이 더 지나갔다. 세월의 흐름보다 우리는 서로에게 더 빠르고 더 깊이 스며들었다.

　첫째 박씨는 평온한 사람이다. 어떤 일에 크게 동요하는 법이 없다. 아이가 셋이나 있는데도 요란하지 않은 것을 보면 부처쯤 되는 것 같다. 하지만 그런 그녀에게도 위기가 있었다. 큰아이의 사춘기. 처음 마주하는 아이의 사춘기에 대해

적절하게 대응하지 못했던 그 시절을 후회한다고 했다. 힘들었을 그 시기를 겪어내면서 그녀는 이렇게 둥글둥글해졌나보다. 그녀의 아픈 경험은 인자한 엄마 같은 교사가 되게 해준 것 같다. 그녀는 학교에서 아이들에게 크게 감정을 싣지 않고 따뜻하게 품어준다.

둘째 박씨는 일관된 사람이다. 무언가 해야 할 일이 있으면 반드시 한다. 절대 어기는 법이 없다. 우리끼리 다이어트 내기를 했는데 그녀 혼자 목표를 달성하여 상금을 타갔다. 이러한 태도는 학교에서도 예외가 없다. 조금의 규칙을 어겨도 아이들에게 불같이 혼낸다. 내가 이 정도로 화를 냈으면 벌써 신고되었을 것 같은데 오히려 아이들은 그녀를 좋아한다. 그 이유는 일관된 사람이어서. 하지만 그녀는 가족과 사랑하는 사람을 위해 한없이 너그러운 사람이다. 이 또한 늘 변하지 않는 일관된 행동이다.

셋째 이씨는 하고 싶은 것이 아주 많은 열정적인 사람이다. 그녀의 인생을 돌아보면 굴곡을 겪어보지 않고 상처 나지 않은 아주 잔잔한 바다 같은 삶이었지만, 그녀는 그 바다 위에서 아주 신나게 익스트림 스포츠를 즐기는 사람이다. 생각 정리가 필요할 때 갑자기 히말라야 산맥 등반을 떠나고, 해외로 스킨스쿠버를 다녀온다. 교사 연극연구회에서 활동하면서 연기자로 연극 공연을 하기도 하고, 학교에서도 아무도 하지 않는 연극반 동아리를 운영하며 연극 공연도 기획한다. 수업시간에 아이들이 열정적이지 않으면 열받고 달달한 걸로 기분을 풀어 주어야하는 열정 부자이다.

넷째 김씨는 정말 열정적인 교사다. 매일 수업 도구를 만들기 위해 오리고 자르고 붙이곤 한다. 카드를 만들고 수업용 게임을 만들어 즐겁게 수업을 한다. 아이들의 요청이나 부탁을 최대한 들어주려 하고 부지런해서 웬만해서는 미루지도 않는다. 구름학교 초창기 멤버로 책 집필에도 두어 번 참여하고 활동도 꾸준히 하였다. 일 처리를 할 때 기억력이 좋고 일을 매우 성실히 하기에 김씨는 막내이지만 이 모임이 꾸준히 유지되는 일등공신이 되었다. 그런 김씨가 요즘은 육아와 재테크, 장거리 출퇴근에 치여 건망증을 호소하는 웃픈 상황이 되고 말았다. 워킹맘인 김씨가 어떻게 이렇게 많은 일을 동시에 처리하는지 우리는 정말 신기해하곤 한다. 그래서 김씨의 건망증 고민이 이해가 가기도 하고 말이다. 그렇지만 김씨는 아직도 우리 중에 가장 일꾼임은 분명하다.

우리는 이렇게 각자의 색깔을 가지고 지금은 각자의 학교에서 삶을 살아가고 있다. 우리가 4년 전처럼 함께 교무실에서 웃고 이야기할 날을 기다리면서 …….

학교 다녀오겠습니다

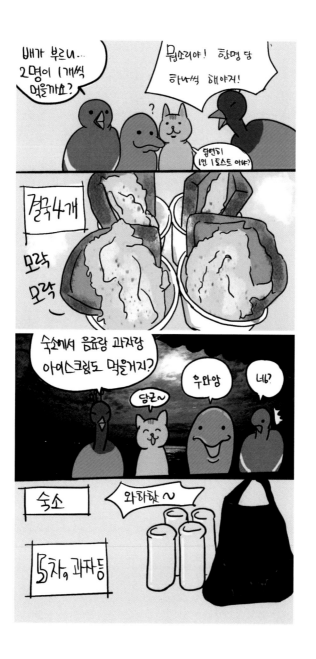

학교 다녀오겠습니다

슬기로운 학교생활

하루하루가 시트콤

질리

K공고에 근무했을 때의 일이다.

K시에서 난다긴다하는 남학생들이 오는 학교였고, 그래서 아무런 사건이 없는 날은

… 그런 날은 없었다.

그날은 어느 맑은 날, 아직 봄이었던 것으로 기억한다. 나는 1학년 담임이었다. 신입생들이 입학한 지 두어 달 정도 지났을까? 하루는 수업을 하고 공강시간에 내 자리에서 업무를 보고 있었는데 갑자기 소방차가 학교에 왔단다.

응?

그리고 교실을 향해서 물을 뿌리고 갔단다.

응??

궁금함에 운동장을 바라보니 어느새 사건은 마무리되고 운동장에는 물이 흥건했다.

불이라도 났어요? 애들이 장난으로 소화전 버튼 누른 거

아니에요?

진짜 불이 났다는데요? 교실에서?

네? 진짜요? 애들은 괜찮아요?

운동장에서 체육하고 있었대요.

선풍기라도 켜놓고 나간건가? 몇 반이에요?

A과 1반이요.

A과 1반은 우리 반의 옆반이었다. 우리 옆반에서 불이 났다고? 그럼 우리 교실은 괜찮나? 허겁지겁 교실로 달려가니 1반은 시커멓게 그을려 있었고, 다행히 우리 교실은 피해가 없었다. 하지만 아직도 뿌연 연기와 매캐한 냄새는 여전히 남아 있었다.

아니, 그런데 불은 왜 났대요?

음, 그러니까…,

불이 난 사연은 이러했다. 체육수업을 나가기 전에 학생들이 교실에서 담배를 피우고 제대로 끄지 않은 뒤 교실 안 휴지통에 버린 것이었다. 휴지통에는 종이가 잔뜩 들어 있었고, 마침 건조한 날씨에 불이 붙고 만 것이었다. 사후에 소방서에서 감식한 결과, 불이 종이에 붙어서 불이 나기까지는 20분 정도가 걸렸을 것이라고 한다. 하지만 교실에 사람이 없었기 때문에 그 불이 쓰레기통 전체, 벽, 천장을 태울 때까지 아무도 몰랐고, 마침 옆반이었던 우리 반도 이동수업을 하러 교실이 비어 있었기 때문에 화재를 인식하기까지 시간이 걸렸던 것이다.

그 뒤의 영웅담도 존재한다. 운동장에서 체육을 하던 학생들이 창문 밖으로 무럭무럭 피어나는 연기를 보고 "불이야!"를 외쳤고, 화재가 난 것을 인식한 남자 선생님들이 교실로 달려갔으나 학생들이 체육을 하러 나가 교실의 문은 잠겨 있었다. 그런데 이동수업 중이었던 우리 반의 문이 열려 있더란다. 그래서 우리 반으로 들어간 남자 선생님들이 건물의 외벽을 타고 1반 안으로 들어가 문을 열고 화재를 진압하려 노력하셨다고 한다.

1반 학생들은 그 후로 한 달 정도 교실을 사용하지 못했고, 실습실에서 수업을 들었다.

또 다른 사건은 고등학교 생활이 무르익은 2학년 학생들이 벌인 사건, B과 학생 2명이었다. 학생들은 심심하기도 하고, 무엇보다 돈을 벌고 싶었다. 오래되고 조용한 도시, K시에는 고물상들이 곳곳에 있었다. 학생들은 마음을 먹었다. 학교에 있는 철을 모아서 고물상에 내다 팔기로. 학생들은 실습실에 널려있는 금속 조각들을 모으기 시작했다. 학교 어딘가에 있는 리어카도 찾아내어 가져왔다. 신이 난 학생들은 차곡차곡 물건을 쌓아 올리기 시작했고, 운이 좋게도 리어카가 가득 찰

때까지 그것을 발견하는 사람은 아무도 없었다.

그렇게 순조롭게 학교를 나가서 고물상에 학교 물품들을 팔아서 돈을 벌었다면, 아마도 이 이야기는 나에게 전해지지 않았을 것이다. 그러나 이 이야기는 실패로 돌아간다. 왜냐하면, 리어카에 가득 찬 고철 덩어리들은 학생 두 명이 끌고 밀고 학교 바깥을 나가기에는 너무나 무거웠기 때문이다.

심지어 여름이었다.

학교는 너무나 컸고, 실습실에서 정문까지는 너무나 멀었다. 땡볕에 정문을 향해서 끙끙거리고 리어카를 밀고 가던 두 명의 친구는, 이것을 가지고 정문을 나가서 길을 건너고 고물상까지 찾아가기에는 무리라는 판단을 재빠르게 내렸다. 그들은 다시 의기투합하여 그대로 실습실로 돌아와서 리어카를 내팽개친 후 아무 일도 없다는 듯 수업을 들어갔다. 그리고 자신들의 바보스러움에 대해서 선생님들께 수업시간에 천진난만하게 이야기했고, 두고두고 회자되었다.

그러나 K공고에서 가장 재미있는 이야기는 지금부터 할 이야기다. 어느 날, 인성부장님이 잔뜩 흥분한 목소리로 아침부터 민원인의 전화를 받고 있었다.

아니, 우리 학교 학생이 그랬다는 증거 있습니까? 왜 우리 학생이 그랬다고 생각하십니까?

오늘은 도대체 어떤 일일까? 기대 반, 걱정 반이다. 그러나 우리의 소중한 학생을 믿어주시고자 했던 인성부장님의 목소리는 앞서 당당했던 크기에 비해 점점 작아진다.

예? 아, 예예. 그렇습니까. 네에. 알겠습니다. 아, 네에. 주의시키도록 하겠습니다.

전화를 끊은 인성부장님의 긴 한숨.

뭔데요? 무슨 일이에요?

아니, 세상에. 어떤 놈이 가정집 앞에 똥을 쌌다네요.

예에~?

등교하면서 급했나 봅니다. 집주인분이 전화하신 것 같은데…. 당연하지만 아주 화가 나셨네요.

아니, 근데 그런 일을 할 사람이 물론 우리 학교 학생밖에 없긴 하지만, 성인은 아닐 것 같고, 아니, 직접 보신 건 아닐 거고, 아까 전화하시는 거 들어보니 증거가 있답니까?

아이고, 확신을 가지신 이유가 있어요. 아이고. 세상에 우리 학교 가정통신문으로 똥을 닦고 버려놨다네요.

예에~?

깊은 한숨을 한 번 더 쉬신 후, 인성부장님은 고개를 절레절레 저으시며 방송실로 달려가셨다. 그 후, 1, 2, 3학년 전 교실에 인성부장님의 흥분이 가라앉지 않은 목소리가 방송되었다.

아아, 오늘 아침에 학교 근처의 주택에서 우리 학교 학생이 용변을 보고 가정통신문으로 닦은 후 버려놓고 갔다고 신고가 들어왔습니다. 제발, K공고 학생들! 학교의 명예를 실추시키는 일은 없도록 바르게 행동하기를 당부드립니다. 다시 한 번 알려드립니다. 오늘 아침에….

학운위 트라우마 극복하기

쫑티

학교 운영위원회는 학교 운영과 관련된 여러 가지 사안들을 심의하는 기구로서 소위 학운위라 불린다. 신규 첫 발령지에서 신참이었던 나는 당시 학운위가 무슨 일을 하는지, 어떻게 안건을 상정하고 발표하는지에 대해 무지했다. 나의 부장 선생님께서 내가 맡고 있던 풍물부에 대한 부연 설명을 해달라고 요청하셨다. 방학이라 창원에서 거제까지 2시간 30분을 달려 학교로 갔다. 신참이라 어리바리해서인지 무엇에 대해 발표하는건지 물어볼 생각도 하지 않고 무조건 달려갔다. 그때 그 부장은 어떤 안건인지에 대해 왜 내게 말씀을 안 해주셨을까? 도착하자마자 부장 선생님과 함께 교장실에 들어갔다. 분위기가 왜 이렇게 삼엄해? 운영위원장님이 나에게 설명을 해보라고 하신다.

"저희 풍물부는… 총 6명으로 구성돼 있는데요… 사물놀이 위주로 연습을… 하고 있고요…, 아이들이 열심히… 활동하고… 있고… 악기나 다른 여러 재정이 좀 부족, 하고… 어려움이… 좀… 있고…."

등에 식은땀이 흐르고 말은 더듬고 목소리는 기어들어간다. 한 위원님이 나에게

"박선생님! 도대체 무슨 말을 하시는지 하나도 모르겠습니다! 제대로 말씀을 좀 하세요!"

그러자 옆에 서 계시던 부장님께서 황급히 말씀을 이어가셨다. 나는 쥐구멍이라도 있으면 숨고 싶을 만큼 창피했다. 모멸감이 밀려와 자괴감에 허우적대기 시작한다. 울상이 된 채 부장님과 함께 교장실을 나왔다.

"처음이라 그럴 수 있어, 괜찮아."

부장님의 위로는 나에게 전혀 도움이 되지 않았다. 다시 2시간 30분을 달려 집으로 갔다. 가는 내내 차 안에서 대성통곡을 하며 죄 없는 핸들을 마구마구 쳤다. 머릿속에서는 '박선생님! 도대체 무슨 말을 하시는지 하나도 모르겠습니다! 제대로 말씀을 좀 하세요'라는 말만 계속 맴돌았다.

그때 일은 나에게 트라우마로 남았다. 얼마 전까지.

20년이 지난 지금 교복 업무를 담당하게 되었다. 또 어리바리해지는 느낌? 이젠 신규도 아니고 교직 경력 20년쯤이면 업무에 있어서는 달인이 되어야 하지 않나 싶지만 처음 접하는 업무는 늘 힘들다. 이건 뭐 용어부터 낯설다. 주관구매? 이건 뭐야? 공동구매라는 뜻인가? 너무나 생소해서 아무 생

각도, 갈피도 못 잡고 있었다. 전임자는 다른 곳으로 전근 가셨지, 지금의 부장님도 이 일에 대해 전혀 모르시지, 참으로 난감했다. 그런 나를 교장선생님께서 찾으셨다.

"박선생, 교복에 대해 물어볼 게 있는데요, 왜 재킷 단가는 26,400원인데 블라우스는 33,000원이지요?"

뭐라고? 이건 무슨 말도 안 되는 가격이지? 나도 궁금했다.

"교장선생님, 제가 교복 업체에 한번 물어보고 말씀드리겠습니다."

업체 문의 결과, 교육청 지침에 품목별 단가비율표라는 것이 있단다, 재킷은 적용 비율이 없다고 한다. 한 벌 가격을 놓고 단가 적용을 하다 보니 재킷 가격이 블라우스보다 저렴하게 보인다고 한다. 일단 이해는 돼서 다시 교장선생님께 전달을 했다.

"박선생, 교복 업무가 많이 힘들거에요, 학운위 학부모위원 한 분이 교복에 대한 불만이 많은 분이 계셔. 교육청에 민원도 넣고 신문 보도도 냈던 사람이라 만만하지 않을 겁니다."

아뿔싸…. 나는 학운위 공포증 있는 사람인데…. 마음이 심란해졌다.

어느 날 전학생 학부모가 교복 가격에 불만을 품고 전화를 해서 나에게 따진다. 그것도 거칠고 무례하게! 기분은 상당히 나빴지만 그 덕에 교복의 개별 구매 가격과 공동구매 가격의 차이가 엄청나다는 사실을 알게 되었다. 하나하나 힘들게 알아가면서 내공이 좀 쌓였나?

드디어 학운위 상정일이 다가왔고 안건을 발표했다. 아니나 다를까 교복에 불만이 많은 학부모위원이 나를 공격하기 시작했다. 지금 고3 학부모면 2020년도 교복 업무 일일 텐데 그때 일로 나를 공격한다. 내가 한 일도 아닌데 말이다. 그렇지만 20년전 어리바리 내가 아니다. 질의하는 내용에 대해 하나하나, 또박또박 상세하게 답변하고, 오히려 반박하며 질의에 응했다. 그분의 거친 언사와 일방적 생각으로 학운위 위원장도, 교장선생님도, 다른 위원들도 심기가 매우 언짢아하셨고 나를 두둔해 주셨다. 보통은 5분 내지 10분이면 끝날 상정은 40분 동안 진행되었다. 그분은 수긍을 다 하시진 않으셨지만 무사히 통과되었다. 당시의 기분은 상당히 나빴지만 시간이 지날수록 뿌듯함이 밀려온다. 학운위가 끝난 후 교장선생님이 나를 찾으셨다.

"박선생, 오늘 정말 잘했어요. 대응이 매우 훌륭했습니다."

교장선생님이 그렇게 칭찬해 주시니 나의 트라우마는 완전히 사라졌다.

음악으로 희망을 보다

쫑티

올해 학교를 옮겨왔다. 낯선 음악실 환경에서 낯선 아이들을 마주한다. 첫 코로나 세대인 고3 아이들, 그들은 더욱 낯설다. 선생님을 대하는 학생들의 태도는 건방지다. 그들의 기세에 눌리지 않기 위해 나는 오늘도 센 척한다. 얼마 안 가 내가 세지 않다는 것을 들키겠지만 말이다. 친밀해진다는 것은 시간과 노력이 필요하다.

음악 시간에 통기타 수업을 한 지 10년이 넘은 듯하다. 사실, 통기타를 내밀면 나에게 안 넘어오는 애들이 없다. 아이들과 친밀해지는 데는 이만한 무기가 없다. 특히나 소위 찐따? 인 아이들이 주인공이 될 수 있는 시간이다. 올해도 여러 명의 아이들이 어김없이 나의 레이더망에 들어왔다. 그중에서 가장 찐따인 '박재석'.

재석이는 출석부가 가관이다. 겨우 학교에 오는 날이면 늘 혼자다. 곰처럼 몸을 둥글게 말아있어 이건 뭐 자는 건지 뭘 하는 건지 알 수가 없다. 심지어 두툼한 눈꺼풀이 내려와 덮고 있어서 인상은 늘 졸린 표정이다.

통기타 첫 수업에서는 코드 체인지가 쉬운 코드를 중심으로 가르친다. 오호, 이 녀석은 제법 기타 폼이 남다르다. 보아하니 기타를 제법 칠 줄 아는 듯하다. 아이의 눈빛이 달라진다. 자신 있어 보인다. 수준을 점점 올려 조금 더 어려운 곡을 도전하게 만드니, 연습하는 손이 분주해진다. 5곡의 수행평가 악곡 올 백점을 받고 매우 뿌듯해한다.

다음 도전과제를 제시해준다. 바로 '작은 음악회'.

아이들에게 자신의 끼를 발휘할 수 있도록 자리를 마련해주는 것도 나의 음악 수업의 일부이다. 다른 반까지 초대하여 친구들 앞에서 자신을 보여주는 것이 어찌 보면 큰 도전이다. 그렇지만 이 일들을 통해 아이들은 자신을 발견한다. 자신이 얼마나 멋진 놈인지를.

재석이는 친구 하나 없는 녀석인데, 녀석의 통기타 실력을 눈여겨보던 인싸 윤호가 다가간다. 함께 연주해 볼 것을 제안한다. 그들의 콜라보는 환상적이다. 거기다 기타를 치며 노래까지 부른다. 멀티는 좀 어려운데, 이 녀석들 생각보다 호기롭다. 쉬는 시간마다 음악실을 찾아와 연습을 한다. 2주간의 연습을 통해 이 둘은 전보다 친해진 듯 보였다. 연주회 당일에 이들의 연주는 빛을 발했다. 한 녀석의 인생이 해피해진 것 같은 뿌듯함을 느끼며 나 스스로도 만족스러웠다.

그다음 날 교감선생님이 부르신다.

"박선생, 박선생은 교직경력이 몇 년 찬데 일을 이렇게 합니까?"

갑자기 마음 한구석이 쿵 한다.

"음악회 때문에 다른 수업에 방해가 되면 되겠습니까? 애들이 수업을 째고 음악회를 보러 가고, 다른 교과 선생님들은 영문도 모르고 아이들 행동에 황당해하고 있습니다. 이해가 안 되네, 경력 20년 차가 이런 식으로 일을 하다니! 쯧쯧쯧. 어쩔 겁니까!"

아뿔싸, 내가 전입왔다는 사실을 그사이에 잊었나 보다. 그전 학교에서는 내가 말을 할 필요도 없이 아이들이 교과 담당 선생님께 음악회 수업 관람할 것을 허락받기도 하고, 오히려 선생님들을 모시고 와서 관람하기도 하는데, 여기는 그런 곳이 아니다. 그런 절차에 대해 설명을 했어야 했는데, 놓쳤다. 교감선생님의 꾸중과 나의 실수에 무척이나 속이 쓰렸지만, 오히려 마음을 비우고, 나 자신의 의를 드러내지 말고 납작 엎드리기로 했다.

쿨메신저로 전체 선생님께 사과의 메시지를 정중하게 전달하고, 컴퓨터를 닫았다. 갑자기 나 자신이 초라해지고 나의 행동에 후회가 밀려온다. 누군가의 칭찬을 바란 것은 아니었지만, 매몰찬 질책에 스스로 일희일비하는 내 모습이 더욱 실망스럽다.

그런데 이게 웬일인가, 선생님들의 응원 메시지가 수북하다. 수업 시간에 미동도 없던 아이들이 음악회를 통해 자신을 드러내며 빛을 발하는 모습에 감동이 되었던 것이다. 그저 하나의 몸짓이었던 아이들이 자신의 이름을 되찾고, 그 이름을 불러주니 꽃이 되고 하나의 눈짓이 되어 반 아이들에게, 선생님들에게 피어나는 기적을 보면서 오늘도 나는 통기타 수업을 한다.

올해도 3학년 담임이다

밀랑

올해도 3학년 담임이다. 매일이 피곤하겠지만 1년은 금방 또 지나가겠지. 올해 아이들은 유난히 착한 것 같고 반장은 더욱 그렇다. 새하얀 얼굴에 순한 성격, 진지한 수업 태도까지! 역시 반장을 잘 뽑았어. 올해도 난 복이 있구만. 이제 곧 4월인데 조금만 있으면 체력적으로 한결 수월해지겠지. 작년보다 자기소개서 빨리 쓰게 만들어서 여러 번 수정하도록 미리미리 준비해야겠다. 아이고 피곤하다. 다리가 퉁퉁 부었네. 슬슬 퇴근 준비나 해야겠다.

오늘은 유난히 반장 얼굴이 어둡다. 최근에 영 기운이 없어 보이기는 했지만 오늘은 묻는 말에 대답도 시원찮게 한다. 무슨 일이 있냐는 말에 고개를 가로저으며 희미하게 웃기만 할 뿐이다. 부반장과 친한 친구들에게 넌지시 물어봤지만 자기들도 영문을 모르겠다고 한다. 내가 받은 느낌으로도 아이들이 거짓말을 하는 것 같진 않다. 친구들과의 문제는 아닌 것 같은데…, 곧 중간고사라 스트레스를 많이 받는건가?

아침에 반장 어머니에게 전화가 와 아이가 몸이 안 좋다고 한다. 시험이 얼마 안 남았는데 결석이라…, 걱정이네. 어머니도 정확하게 이유를 모르는 것 같다. 내일 학교에 오면 진지하게 상담을 다시 해야겠다. 그러나 그 이후로 일주일간 등교를 하지 않았다.

불안장애. 아이의 병명이 불안장애라고 했다. 무엇이 그렇게 불안하게 했을까? 상위권의 성적, 다정한 부모님에 경제적으로 윤택한 가정, 원만한 교우관계, 선생님들의 긍정적인 평가를 받는 아이. 아무리 생각해도 이유를 찾을 수가 없다. 학교를 오지 않는 동안 병원과 상담소를 다니며 스스로도 그 이유를 알고 싶었을 것이다. 나중에야 알았지만 처음 반장을 하면서 받은 책임감에 모둠별 수행평가로 인한 압박감, 성적 스트레스 등이 원인이라고 했다. 단지 이러한 이유로 등교를 거부할 만큼의 용기가 그 소심하고 여린 아이의 어디에서 나오는 걸까? 아니면 이렇게 힘드니 살고자 하는 본능에서 이러는 걸까? 학교를 거부하는 아이들을 종종 봤지만 지금도 완벽하게 아이를 이해하지 못하고 있다. 부끄럽게도.

아이랑 오랜만에 길게 이야기를 해 봤다. 학교에 오지 않으니 전화로 주로 대화를 한다. 학교에 오는 것 자체가 너무 힘들다고 한다. 학교 옆 아파트에 살고 있어 오늘은 단지 내 놀이터에서 만났다. 생각보다 얼굴은 어둡지 않아서 그나마 다행이라는 생각이 먼저 들었다. 시간을 더 주면 좋아지겠지. 그러나 집 밖으로 나오지 않는 생활에 완전히 적응할까봐 걱정이다. 히키코모리라고 하던가. 어떡하지….

안 되겠다. 이렇게 계속 시간만 보낼 순 없다. 반 아이들도 처음엔 반장이 등교하지 않는 것에 대해 걱정하다가 이제는 완전히 익숙해진 것 같다. 다행히 부반장이 반장을 하기로 하고 새로운 친구가 부반장이 되어 반을 잘 이끌어나가고 있다. 아니 그전보다 더욱 활기차게 잘 지내는 것 같다. 나도 이 아이가 없는 반이 하나도 어색하지 않고 심지어 오늘 아침엔 문자도 안 왔는데 내가 전화도 하지 않았으며 걱정도 되지 않았다. 그래 요즘 정신없이 바빴잖아? 다른 아이들도 신경 써야지. 그런데 마음 한구석에 있던 계속해서 나를 누르던 생각, 바쁘다는 핑계로 그 아이를 미루고 있는게 아닌가 하는 생각이 나를 움직이게 했다. 갑자기 그 아이의 집으로 가봐야겠다는 생각이 들자마자 바로 자리에서 일어났다. 이렇게 시간만 보낼 순 없지.

딩동. 딩동. 대답이 없어 전화를 했다. 집 앞이라 하니 조금 당황하는 듯했지만 이내 문을 열어주었다. 생각보다는 차분하게 맞이해 주었고 말쑥한 차림이었다. 집에만 있는다고 무절제하게 지내지 않고 규칙적으로 생활하고 있다는 말이 사실이었다. 둘이 식탁에 앉았고 갑자기 나는 어색함을 느꼈다. 밖은 이미 30도가 훌쩍 넘어 10분 남짓 걸어왔는데도 땀이 범벅이었다. 어색한 분위기도 깰 겸 물 한 잔만 줄래? 라고 했다. 정수기가 바로 옆인데도 아이는 미지근한 생수를 깠다. 아이고, 진짜 덥구만. 이 상황도, 바깥 날씨도, 심지어 에어컨도 안 켜고 있는 이 집이 나는 정말 더웠다.

한 번이 어렵지 두 번은 진짜 쉬웠다. 진짜 옛말 틀린 것 하나도 없다. 나는 이후로 종종 아이의 집을 방문했다. 첫날도 그랬지만 별말은 하지 않았다. 나도 그랬고 아이도 그랬다. 오래 있지도 않았다. 둘 다 대화가 끊기면 다른 곳을 멀뚱이 보았다. 그러다가 눈이 마주치면 그냥 어색하게 웃었다.

단지 내가 너를 잊지 않고 기다리고 있다는 것만 알면 된다고 생각했던 것 같다. 자퇴를 시키고 싶지 않았다. 별거 아닌 고등학교 졸업장을 꼭 쥐어주고 싶었다. 이렇게 떠나면 집 밖으로도 안 나올 것 같았다.

나의 마음이 통했던 걸까. 집으로 찾아오는 담임이 부담스러웠을까. 아무튼 2학기 들어서면서 학교 상담실에 1시간씩 있다가 가는 걸로 합의를 봤다. 기나긴 결석을 조퇴로 바꾸게 되었고 1시간이 2시간이 되었고 2시간이 4시간이 되었다. 이제 점심시간에 귀가를 했다. 친했던 친구들이 쉬는 시간에 상담실을 찾았고 나도 한 번씩 들렀다. 시험도 보건실에서 쳤고 학교에서 보내는 시간이 점점 늘어났다. 상담실 소파에 앉아서 친구들과 얘기하면서 활짝 웃는 아이의 얼굴을 보고 한시름을 놨다.

수능을 쳤다. 그 아이도 수능을 쳤고 아프기 전에 공부한 시간을 보상이라도 받듯 성적도 나쁘지 않았다. 수능 후 오전 시간을 교실에서 친구들과 보냈으며 같이 등교하고 같이 하교를 했다. 졸업식이 끝나고 3학년 교무실로 그 아이가 선물을 들고 왔다. 선생님 덕분이라는 편지도 써서 말이다. 편지는 퇴근 후 읽었는데 잘한 결정이었다. 지금도 나는 그 아이가 무슨 선물을 사왔는지 기억나지 않는다. 심지어 편지 봉투가 무슨 색이었는지 편지가 한 장이었는지, 두 장이었는지 생각나지 않는다. 하지만 선물을 줄 때 그 아이의 볼이 붉게 물들었던 것과 우리 둘 다 눈물이 맺혔던 것은 확실하다. 그러나 우리는 울지 않았다.

다음 해 스승의 날에 문자가 한 번 왔고 그 이후로 더 이상 연락하지 않았다. 그러나 나는 걱정이 들지 않았다. 우리에겐 믿음이 있었다.

학교 다녀오겠습니다

학교 다녀오겠습니다

학교 다녀오겠습니다

※ 걱정과 근심을 이겨내며 ※

진짜 교사

유뚝

나의 목표는 교사가 되는 것이었다. 남들보다 늦게 시작한 교직생활 덕에 나는 교사가 되고 싶다는 열망이 아주 강했다. 그렇게 시작한 교직생활은 내게 몇 년 간 열정으로 가득 채워졌다. 내 인생의 100%를 학교생활에 투자하는 느낌이 들었던 시간을 보냈다. 수업연구와 학생들과 교류로 주말도 구분 없이 학교, 학교, 학교였던 시간들….

영어를 한 마디도 못하는 내가 미국 교사들의 수업 연수에 참여하고, 가장 더운 8월의 여름에 베트남 역사 답사를 다녀오고 나의 시간은 오롯이 학교에 있었다. 나의 삶의 목표가 교사였기에 가능했던 시간이었던 것 같다. 그때는 진짜 학교라는 마약에 빠진 사람 같을 정도로 살았다. 이렇게 교사라는 나의 삶에 푹 빠져 살면서 나는 잃은 것들도 있다.

나의 개인 생활.

교사라는 나의 역할과 나의 개인 생활에 대한 밸런스를 찾지 못했다. 그래서 매일 "바쁘다"라는 말을 입에 달고 살았다. 어느 순간 가족과 나의 주변 사람들을 돌보지 못하는 사람이 된 것 같은 기분을 느꼈다.

교직생활 9년 차, 진주와 창원을 오고 가는 장거리 출퇴근과 육아, 나의 취미생활 등 학교 외적인 나의 일이 너무 많아지니 학교와 나의 생활이 균형을 이루기가 쉽지 않다. 학교보다 이제 나의 개인 생활에 더 집중하는 삶이 됐다. 학교에 오면 수업시간이니까 수업을 하고 업무가 주어지니까 업무처리를 하고, 예전처럼 새로운 수업을 시도하거나 무언가를 열정적으로 집중하는 것 같은 느낌이 없어져 버렸다. 나는 그저 그런 교사가 되어버린 것일까⋯⋯. 최근 3~4년 만에 이렇게 나의 생활은 반전이 되어버렸다.

나의 삶에 균형점을 어떻게 찾을 수 있을까?

최근 2년 동안 나는 진주와 창원을 오고 가며 출퇴근을 했다. 올해는 운이 좋게도 같이 진주에서 다니는 선생님을 만나서 카풀을 했다. 첫 발령 받았을 때 3년 동안 카풀을 하면서 차 안에서 학교생활에 대해서 다 배우게 됐는데 이번에도 선생님과 1년 동안 오고 가는 길에 많은 이야기를 나누면서 배운 것이 많다. 나이대는 비슷한데 선생님은 교직 경력이 많으신 분이다. 그 선생님은 학교에서는 오롯이 수업 준비와 수업활동에 집중을 하고 일을 빨리빨리 해결하시는 분이다. 나는 지극히 P형 인간이라 일을 미루다가 최대한 마지막에 해야

효율이 오르는 스타일인데 요즘 들어 더 심해졌다. 그래서인지 선생님의 일처리 스타일이 너무 부럽다. 어느 날은 빈 교실에서 화상으로 누군가와 열심히 영어로 통화를 하고 있길래 물었더니 그동안 생각만 하던 일을 실천하게 됐다면서 예전에 근무하던 동료와 수업 관련 공부를 하는 중이라고 한다.

'그래! 나도 이런 선생님이 되고 싶었어.'

그리고 선생님은 월요일 아침이면 주말 잘 보냈냐는 안부 인사와 함께 가족과 여행을 가고 맛있는 것을 먹은 이야기를 신나게 하면서 출근한다. 학교를 벗어나면 가족과의 시간에서 즐거움을 느끼는 평범하지만 기본에 충실한 삶의 표본이라고 나 할까, 열정과 여유로움의 밸런스가 잘 맞는 분이다. 이 선생님의 생활 패턴을 보면서 내가 원했던 삶의 균형점이 이것이 아닐까라는 생각을 해본다.

학교에서는 교사로서의 삶에 충실하고 밖에 나가서는 나의 삶에 충실하는 것. 분리할 수 없는 삶의 영역이지만 그래도 적절하게 분리되는 삶……

최근의 나를 돌아보면 무언가에 쫓기듯 바쁘게 사는데 교사로서도, 가족으로서도 나의 역할에 각각 충실하지 못했다. 매번 장거리 출퇴근 탓을 하면서 내 삶이 지금은 너무 바쁘고 피곤하다는 핑계를 댔다. 하지만 똑같은 상황 속에서도 그렇게 핑계를 대지 않고 열심히 살아가는 선생님도 있다는 점에 나의 삶을 돌아보게 됐다. 다가오는 새 학기에는 더이상 장거리 출퇴근을 하지 않아도 된다. 집에서 멀지 않은 곳으로 이동을 하게 됐다. 이제 나에게 더 이상의 핑곗거리는 없다. 새로운 곳에서의 새로운 시작은 나만의 목표와 철학을 가지고 삶의 균형을 잘 찾고 싶다.

교사가 되었다. 목표를 이루었다.

교사 다음의 목표는 무엇일까?

이제는 '진짜 교사'가 되고 싶다. 다시 예전의 나처럼 학교와 수업에 열정적이고 열심히 연구하면서 가족과 나의 주변 사람들에게 충실한 삶을 살아낼 수 있겠지?

나는 수업하는 기계인가?

질리

나는 국어과인데, 정말이지 많은 것을 한다. 최근 몇 년 동안 계속해서, 한 학기를 온전히 소모하는 과정형 수행평가를 하고 있고, 이왕이면 프로젝트형 수업이 좋아서 모둠별로 작업을 시키고, 학기 말에 성과나 결과물을 내기를 원해서 아이들도 힘들고 나도 힘든 매 학기를 보내고 있다.

사실 내가 학생이었을 때 그런 수업들이 좋았다. 친구들과 함께 모여서 과제를 하고, 각기 아이디어를 내고, 역할을 나눠서 각자의 역량을 발휘하는, 그리고 결과물이 나오면 그렇게 뿌듯할 수가 없는, 다른 모둠들의 결과물들과 비교하면서 약간 으쓱해지기도 하는, 그런 수업들 말이다.

그런데 내가 학생이 아니고 교사이다 보니, 수업을 위해 준비해야 할 것들이 너무 많다. 수행평가도 해야 하지만 일반적인 교육과정상의 진도도 나가야 한다. 한 학기를 끌고 가는 수업을 하다 보니 끝나지 않는 채점 지옥에 갇혔고, 끊임없는 피드백이 의무가 되었으며, 학생들의 질문에 답도 해주어야 하고, 시험문제도 출제해야 하며 학습지도 만들어야 한다. 또

보충수업도 해야 한다. 이번 학기에는 보충수업이 3개나 된다. 보충수업은 예전과 달라서 교재연구를 한 시간 해서 한 시간 쓰면 끝이라 준비하기 바쁘다. 하나의 수업 준비가 끝나면 또 하나가 다가오고, 그것이 끝나면 또 다른 하나가 돌아온다.

그러다 보니 국어 수업 시간과 국어 선생님, 소설과 시를 좋아했던 문학소녀와 우리말을 지키고 발전시켜 나가기 위해서는 학생들에게 우리의 얼을 심어주어야 한다고 생각했던 사명감 넘치던 사범대 청년은 이제 온데간데없고, 일에 찌든 직장인만 남아 있을 뿐이다. '돈 많이 벌겠네!'라는 위로를 들으며 기계적으로 수업 준비를 하고 있을 뿐이다.

그 와중에 업무도 해야 하고, 동아리 지도도 해야 한다. 사적인 자기 계발을 포기할 수도 없어 시간을 쪼개어 강의를 듣고 스터디를 하고 연구회를 나간다. 운동도 일주일에 세 번 해야 한다. 인간관계도 유지하려면 밥도 먹고 차도 마셔야 하고 장거리 출퇴근이라 하루에 2시간 이상을 운전에 써야 한다.

이근삼의 '원고지'를 보면 쇠사슬로 몸을 묶고 출퇴근을 하고 하루하루 반복되는 지친 삶을 살아가는 인물들이 등장한다. 어쩜 그렇게 현대인들의 모습을 잘 표현했는지 딱 내 모습이다.

그래서 요새 나의 수업은 즐거움, 재미, 행복은 없다. 핵심 내용, 암기해야 하는 내용, 교육과정 상 반드시 배우고 넘어가야 하는 내용의 전달과 앵무새같은 반복만 있을 뿐이다. 비록 기계가 되었지만 머릿속에서 문득 이런 생각은 든다. 이게 맞나…? 하는 생각. 좋은 수업을 해야 한다는 의무감은 막연하게 남아있는데 좋은 수업이 무엇인지 길을 잃은 기분. 오즈의 마법사에서 양철나무꾼이 똑똑한 두뇌를 얻는 순간처럼, 다시 똑똑한 상태로 돌아가서 좋은 수업, 국어가 재미있는 수업을 하고 싶다.

우리는 늘 갈등을 겪는다

밀랑

우리는 늘 갈등을 겪는다. 사람이 셋만 모여도 정치는 시작되고 그중에 리더 역할을 하는 사람이 있는 법이다. 그녀와 내가 그랬다. 그녀는 나보다 나이도 몇 살 많고 모든 면에서 똑부러지고 사리 분별이 바른 사람이었다. 내가 학교에서 겪는 일이 정확히 무슨 상황인지, 나에게 저런 말을 하는 사람들의 속내가 무엇인지 나는 도통 알 수 없는 일을 그녀는 속 시원히 설명해주곤 했다. 이성적이고 직관이 뛰어난 그녀에 대한 나의 신뢰는 흔들림이 없었다. 우리는 서로를 아주 좋아했고 신뢰했다. 그것은 사이가 멀어진 지금도 확신할 수 있다. 다른 학교에 근무하면서도 자주 만나고 여행도 함께 다니기도 했다. 운전을 못하는 나를 여기저기 픽업해주고 내려주는 것을 나는 매우 고마워했고 그녀는 항상 당연하다며 귀찮아하지 않았다. 서로의 가족에 대해서도 잘 알고 있고 속을 털어놓으면 전적으로 상대의 마음을 이해하고 있다고 느꼈으니까 말이다.

나는 지역을 이동하여 근무하고 있었고 몇 년 후 그녀가 내가 근무하는 학교로 전근을 왔다. 나는 너무 기뻐했고 같은 학년으로 적극 추천하여 우리는 옆자리에 앉아 함께 3월을 시작했다. 기존의 선생님들과 어색할 것이 분명한 그녀를 위해 나는 노력했다. 실없는 농담도 하고 업무도 적극적으로 도와주려고 했다. 지금 생각해 보면 나는 매일이 굉장히 신났던 것 같다. 절친이랑 오랜만에 같은 학교, 같은 학년 근무에다 기존의 선생님들과의 친분도 좋았고 또 작년과 비슷한 업무라 자신감도 있었다. 이것이 문제였을까?

정신없는 학기 초가 지나가고 3월 말에 그녀와 근처 카페에서 그녀와 커피 한 잔을 했다. 그녀는 내가 전과 많이 달라졌고 자신이 알고 있는 모습과 많이 달라서 요즘 의외라는 생각이 들었다고 입을 뗐다. 그전과 달리 사람들에게 너무 노력한다는 것이었다. 동료들이 뭐 물어보거나 하면, 굳이 나에게 묻는게 아닌데도 내가 아는 것이라면 적극적으로 대답을 하고 도움을 주려고 했다. 회의 테이블에서 간식을 함께 먹고 하하호호 즐겁게 얘기를 나누고 애들 얘기에 배를 잡고 웃기고 했다. 차와 간식거리를 신경 쓰고 차리고 치우기를 반복했고 나는 그게 그렇게 귀찮거나 싫지 않았다. 아니 오히려 좋았다. 내가 좋고 싫음을 굳이 숨기지 않았고 사람들을 웃기고 싶어하는 기질이 많은 나는 그렇게 매일 신나고 씩씩하게 생활했는데 그녀는 그런 내가 어색했던 모양이었다. 나는 응? 하고 전혀 예상치 못한 얘기라서 크게 웃고 말았다. 그때라도 내가 진지하게 받아들이지 않았던 게 문제였을까?

익숙한 업무라도 반에 애들도 많고 하니 할 일은 밀물처럼 찾아오고 일을 해내기 바빴다. 2학년까지 괜찮다가 갑자기 불안장애를 호소하는 학생이 반에 있어 매일 그 학생이 오늘은 학교를 오는지, 왔다면 언제 조퇴를 하는지 신경이 곤두섰다. 집에 들어가면 나오고 싶어 하지 않는 아이를 어떻게 하면 무사히 졸업을 시킬지, 히키코모리가 되지 않을까봐 걱정을 하면서 1학기가 지나갔다.

여름 방학이 다가오는 어느 날이었다. 그날은 그녀가 장염으로 컨디션이 매우 안 좋았고 기분도 저기압으로 보였다. 그러나 그날도 나는 즐거웠다. 동료들과 나는 테이블에서 커피를 마시고 있었고 자리에 앉아있는 그녀에게 몸이 좋지 않아 보이니 빨리 퇴근을 하거나 병원에 가보는 게 좋겠다고 했다. 학기 말 업무가 이것저것 신경이 쓰였는지 그녀는 일을 다 끝내고 퇴근을 했는데 나도 함께 퇴근을 했다. 학교 밖을 나설 때까지 그녀가 한마디도 하지 않았고 나는 그녀가 몸이 많이 안좋구나 라고 막연히 생각을 했던 것 같다. 그 다음은 주말이었고 다음주 출근하고부터 그녀는 완전히 다른 사람이 되어 있었다.

출근할 때 인사를 했지만 그녀는 받지 않았다. 옆자리니 이것저것 대화거리가 생겨도 별로 대답을 하지 않았고 나는 몸이 아직도 좋지 않은지 물었으나 괜찮다고 신경쓰지 않아도 된다는 답만이 돌아왔다. 기분 안좋은 일이 있는지 물었으나 아무 일 없다고 했다. 나는 도무지 이해가 되지 않았고 급기야 며칠 후 내가 실수한 게 있는지 묻자, 그녀는 그냥 기분이 안좋을 뿐이고 자신은 기분이 나아질 때까지 시간이 필요한 사람이라고 해서 나는 그렇게 기다렸다. 그 기간에 무기력하게 노력하지 않았던 게 잘못이었을까?

우리 사이에는 어색한 침묵과 보이지 않는 굳건한 벽이 생기기 시작했다. 벽이 생기니 나는 전처럼 크게 웃거나 농담을 건네기 어려웠고 동료들도 조금씩 우리 눈치를 보기 시작했다. 우리 부실의 분위기는 급격히 식어가 차갑고 무거운 공기가 지배했고 나는 목이 짓눌리는 기분이었다. 아침에 들어서면서 크고 밝은 목소리로 인사하는 것부터 눈치가 보이기 시작했고 업무를 의논할 때도 마음이 여간 불편한 게 아니었다. 무엇보다도 다른 동료들에게 너무 미안한 마음이 컸다. 그런 시간이 제법 흘러 나는 용기를 내어 장문의 카톡을 보냈다. 지금 기분은 나아졌는지, 내가 무슨 실수를 했는지, 내가 그동안 서운하게 했다면 정말 미안하다고 사과를 했다. 그녀가 학교 업무나 부장님에게 약간의 불만을 가지고 있던 걸 아는지라 내가 완전히 그녀의 편에서 행동하지 않은 것에 대해서도 미안함을 표시했다. 그녀도 성실한 답변을 그전의 대답과 같은 맥락으로 보내왔다. 나는 그 답변을 받고 희망의 표시로 여겼다. 이런 눈치 없이 마냥 낙관적인 태도가 잘못이을까?

기대를 갖고 출근한 다음날에도 그녀의 태도는 같았다. 얼음장같이 차가웠다. 어떻게 저렇게 사람이 차가워질 수가 있나? 어떻게 나에게 이렇게 대할 수 있나? 우리의 10년 우정은 한낱 이토록 가벼운 것이었나? 주위 동료들에게 미안하지도 않나? 정말 원망스러웠다. 나야말로 내가 알고 있던 사람이 맞았나 싶었다. 그녀는 이성적이고 쉽게 다가가기 힘든 스타일이긴 했지만 그녀와 가까이 지낸 사람들은 모두가 입을 모아 그녀를 칭찬했었다. 자신과 가까운 사람에게는 정답고 마음이 따뜻한 사람이라는 것을. 그런 사람이 변하니 나는 더욱 견디기 힘들었던 것 같다. 그것도 같은 사무실 바로 옆자리에서 말이다.

처음에 우리가 만났을 때는 같은 학교이긴 했지만 나는 휴직 중이라 그녀에 대해서 잘 몰랐다. 복직 전 2월 학교 업무 외 일로 당시 학교 선생님들과 식당에서 모임이 있었고 총무를 뽑아야 하는데 아무도 지원하는 사람이 없었다. 나는 어색한 분위기가 싫어 휴직 전에도 했던 일이니 그냥 내가 하겠다고 했다. 또 복직 전에 연말정산 하러 학교에 오면 서툴던 나를 옆에 앉혀놓고 친절히 가르쳐주었고 비슷한 또래에 같은 학년을 하면서 자연스레 우리는 가까워졌다. 후에 그녀는 그 모임에서 총무를 학교를 옮겨가면서도 몇 년씩이나 군말 없이 하는 모습이 신선했고 나를 좋게 본 이유라고 생각했다고 했다. 그녀가 그렇게 말했기 때문에 나는 후에도 그러한 일이 있을 때마다 더욱 그렇게 행동했던 것 같다. 나는 그런 내가 좋았고 그녀의 판단이 나의 동기가 되는 것도 좋았다. 우리는 정치적 신념도 비슷했기 때문에 동지애도 충만했고 사회 문제에 대해서 토론도 하고 관심있는 강연도 같이 듣기도 했다. 아마 육십, 칠십이 넘어서도 우정은 이렇게 지속될꺼라 의심하지 않았다.

사이가 멀어지고 나는 다음 해에 다른 학교로 옮기고 싶었는데 실패했고 다행히 우린 다른 부서에서 근무하게 되었다. 가끔 오가다 지나쳐도 우린 아는 척도 하지 않았다. 사실을 말하자면 그녀는 나의 인사조차 받지 않았다. 정신적으로 피폐했지만 그해 만났던 세 명의 사람들과 새로운 우정을 쌓아갔고, 새로운 부서 선생님들도 너무 재미있고 유쾌해서 금방 적응하였다. 나는 그때도 지금도 나보다 그녀가 더 힘들었을 것이라고 생각한다. 나보다 훨씬 섬세하고 상처를 잘 받는 사람이라 걱정을 많이 했었고 진심으로 그녀가 잘 생활하기를 지금도 바라고 있다. 이듬해 나는 전근을 갔고 한 번씩 그때를 생각하면 찹찹해지곤 했다. 물론 나쁜 일만 있었던 것은 아니었다. 그때 만난 세 명의 동료들이 지금의 김이투박이 되었고 나의 가장 소중한 인연이기도 하다.

올해 초 그녀의 전근 소식을 듣고 3월에 떡을 보내고 싶다는 생각이 들어 한참을 고민하였다. 그동안 몇 년을 연락도 없다가 떡이라니…. 황당할 수도 있겠지만 왠지 나는 정말로 그렇게 하고 싶었다. 평소 같으면 내 마음이 시키는 대로 했겠지만 김이투박에게 의견을 먼저 구해보았다. 한 명은 하고 싶으면 하라고 했고 두 명은 반대라고 조심스레 얘기를 했다. 본인들이라면 정말 황당하고 그렇게 기쁠 것 같지는 않을 거라고 했다. 듣고 보니 내 마음 편하고자 하고싶은대로 하는 것은 무례한 일이겠다는 생각이 그제서야 들었다.

학교를 옮기고 첫해는 나도 그 전과 달리 사람들에게 마음이 100퍼센트 열지 않았고 좀 피상적으로 대했다. 나 스스로 인간관계에 심드렁해졌다고나 할까? 어차피 1년짜리 인간관계라는 생각이 들었고 서로 적당히 예의를 지키고 자기 할 일이나 똑바로 하면 되지 싶었다. 그다음 해는 전년도 선생님들과 더욱 친해졌고 또 다음 해는 더욱 편안해졌다.

즉 나는 나로 온전히 돌아왔다.

나는 그런 사람이었던 것이다. 어쩌면 그녀와 한 번씩 만났을 때가 내가 노력한 모습이 아니었을까 하는 생각에 이르렀다. 오히려 나는 과거의 우리 우정에 메여 관계가 변하면 안 된다는 매우 유아기적 생각에 사로잡혀 있었던 것은 아닐까? 그녀의 입장에서 나의 상황을 얘기하고 그녀의 생각에 거의 모든 부분에서 동의를 했던 것은 아니었나? 나를 완전히 솔직하게 보여준 것이 맞았을까? 그녀가 원하는 모습을 나는 보여주려 한 것은 아니었나?

모든 관계는 변할 수 있다. 아니 변한다. 천륜이라는 부모 자식 간도, 그렇게 뜨겁던 연인 사이도, 수십 년간의 고향 친구 사이도 말이다. 지금에 들어서야 모든 관계는 변할 수 있고 나와의 관계도 그럴 수 있다는 것을 받아들였다. 아니 마음에 완전히 들어왔다.

어느 순간 완전히 받아들였다는 생각이 들고서야 편안함에 이르렀다. 그렇다. 나는 이제야 편안함에 이르렀다. 지금도 그녀의 집안에 경조사가 생기면 찾아갈 것이고(설사 그녀가 나를 초대하지 않더라도) 이 생각은 변하지 않을 것이다. 진심으로 슬퍼하고 기쁠 것이 분명하기 때문이다.

나는 요즘 매일 유쾌하고 즐겁다. 즐겁지 않을 이유가 없기 때문이다. 나는 그런 사람이다.

선택

밀랑

    2009년 가을 대학원에서 논문을 쓰는데 지쳐갈 즈음 어느 정도 논문의 골격이 완성되어 한시름을 놓을 때였다. 왜 그랬는지 아직도 모르겠지만 라오스에 아주! 매우! 굉장한 끌림이 있었다. 당시 나에겐 태국, 베트남, 캄보디아, 라오스 동남아시아 4개국을 한데 묶어놓은 여행 가이드북이 있었는데 거기서 본 라오스 루앙프라방주에 있는 한 시골 마을이 가로 6센티 세로 4센티 정도 되는 작은 사진과 함께 실려있었다. '백패커들의 천국'이라는 말과 함께. 논문 쓰는데 지쳐서일까? 이곳에 가고 싶다는 강한 열망에 여러 달 휩싸였고 드디어 10일의 라오스 여행을 배낭을 메고 혼자 떠났다. 거기서 본 라오스는 어느 책 제목처럼 '욕망이 멈추는 곳, 라오스'였고 사람들은 너무나 친절하고 조용하고 수줍어했다. 그래서 빠졌던 것일까?

    라오스 여행을 다녀온 뒤 조용한 시골 마을의 정취, 도시 자체가 하나의 문화유산이자 시간이 멈춘 듯한 분위기, 메콩강이 감싸고 흐르는 아름다우면서 치열한 삶의 터전에 나는 완전히 매료되었다. 그리고 여행이 아니라 이곳에서 살고 싶다는 생각에 꽤 오랜 시간 동안 이것저것 알아보고 준비하여 드디어 라오스 루앙프라방에 있는 국립수파누봉대학교에서 3년간 한국어를 가르치게 되었다.

국립수파누봉대학교는 우리나라 정부에서 지원한 차관으로 지어진 대학교로 한국과 밀접한 관련이 있는 학교였고 당시 제대로 된 국립대학교는 수도인 비엔티엔에 있는 동독대학교였는데 아마도 그다음으로 규모가 큰 종합대학교이었다. 동독대학교에는 한국어 학과가 있었지만 수파누봉대학교에는 한국어 학과가 없어 당시에는 차후에 생길 계획이 있었고 나는 한국어 학당에서 주로 한국어를 가르치게 되었다. 내가 맡은 일은 어학당을 신청한 대학생들을 대상으로 하는 한국어 교육, 한국 문화 수업 운영, 일반인을 포함한 한국어능력시험 응시자 관리 및 시험 준비반 운영 등이었다. 또한 방학 기간에 오는 한국인 봉사팀 통역 및 현지 코디 역할 등 한국에서 전혀 해보지 않은 일의 도전이었다.

집이 있는 곳과 대학이 위치한 외곽 지역은 거리가 꽤 멀어 오토바이를 구매 후 운전을 배워 무면허로 3년간 출퇴근을 했다. 물론 이곳에서는 모두가 무면허이고 음주 운전은 애교이다. 우기에는 판초 우의를 입고 오토바이로 다녔는데 길이 미끄러워 운전 중에 미끄러진 적도 몇 번이나 있었다. 지금 생각해 보면 나도 꽤나 안전불감증이었다. 사실 코이카(KOICA) 해외봉사단으로 이곳에 온 몇몇의 여성 단원들은 한 달도 견디지 못하고 한국으로 돌아간 경우를 보면서 그들에게 연민을 느끼면서도 유치하게도 나 스스로를 대견해하기도 하였다.

　당연히 나는 라오스어를 하지 못했고 거기다 영어도 잘 못했으며 심지어 영어로 말을 할 때 누가 쳐다보기라도 하면 너무너무 부끄러워하는 보통의 한국인이었다. 그런데 어디서 그런 용기가 나왔을까? 아마도 새로운 라오스 생활에 대한 강한 열망이 나에게 매일 용기를 심어주었던 것 같다. 도착하자마자 두 달 동안 라오스 알파벳을 익히며 간판과 교통 표지판을 보며 더듬더듬 읽는 연습을 습관적으로 했다. 알파벳과 기초 문법을 익힌 후 가까이 지내는 한국인 가정에 아이를 봐주시는 라오스인 유모가 계셨는데 그 집에 자주 놀러 가면서 대화를 많이 하였다. 6개월이 지나면서 귀가 뜨이는 경험을 하고 그 뒤부터는 처음 말을 배우는 아기처럼 말이 늘기 시작했다. 그런데 애석하게도 라오스 말이 늘면서 가뜩이나 못하는 영어 실력이 급격히 떨어지기 시작했다. 영어를 하려고 하면 라오스 말이 튀어나오고 억양이나 악센트도 라오스어의 성조를 따라갔다. 나의 뇌는 외국어와 모국어는 다른 영역의 뇌에서 관장하는 게 확실하다는 것을 증명하였고 외국어를 관장하는 뇌 부분은 매우 작은 게 틀림없다는 생각까지 하곤 했다.

　학교에서의 생활은 크게 보면 한국과 큰 차이가 없었다. 물론 현지 언어가 서툰 외국인이다 보니 한국에서처럼 교사의 사무적인 업무는 많이 없었다. 내가 가르치는 대부분의 학생들이 한국어를 처음 배우는 거였지만 그중에는 한국어를 제법 하는 학생들도 일부 있어 학생들의 수준에 맞는 개인별 과제를 매 수업시간마다 내주고 다음 수업 시간이 끝날 때 확인을 하고 코멘트를 달아주었다. 아주 빡빡한 수업인데도 대부분의 학생이 잘 따라와 주었고 그중 아르바이트나 전공 수업으로 바쁜 친구들은 결국 중도 포기하기도 하였다.

　처음에 수업을 진행할 때는 수업에 필요한 영어 문장을 만들어 외워서 수업했고 수업을 듣는 학생 중에 영어를 잘하는 학생과 한국어를 조금 하는 학생들의 도움을 많이 받았다. 그중에 재미있는 에피소드도 종종 생겼고 매일매일 까르르 웃으면서 수업했다. 우리는 서로를 이해하며 성장하였고 성장하는 것이 매일 눈에 보일 정도라고 생각이 들 정도였다. 그중에서 가장 크게 성장한 사람은 아이러니하게도 나였다. 몇 달이 채 지나지 않아 라오스어로 수업을 진행할 수 있었고 내가 하는 이상한 발음과 어색한 성조는 학생들로 하여금 웃음(한 학생은 나에게 라오스 소수민족인 '카무'족처럼 말한다고 하였다)

과 애잔함을 자아내게 하였고 나는 그들을 웃길 수 있음에 큰 성취감을 느끼곤 하였다.

교재는 세종학당에서 출판한 교재와 듣기 음원 파일을 사용하였고 수업을 진행할 때는 한국에서보다 더욱 엄격하게 수업 시간을 지키고 과제 점검을 하였다. 한국인으로서 특히 한국인 선생님으로서 좋은 모습을 보여야 한다는 책임감을 가지고 있었고 여유롭고 느긋하여 수업마저도 휴강이 잦은 라오스인 교수님들과 달라야 한다는 강박도 있었던 것 같다. 심지어 빗길에 오토바이가 넘어져 옷은 진흙이 묻고 찢어지고 여기저기를 다쳐 누가 봐도 수업을 할 수 없는 상태였음에도 그날도 수업을 다 하고 집에 돌아갔다. 학생들이 내 꼴을 보고 얼마나 놀라고 안타까워하던지…. 오늘은 휴강을 하는게 좋겠다는 학생들에게 '여러분들의 1시간을 다 더하면 20시간이 넘는다'는 정말이지 닭살스러운 멘트를 날리며 수업을 했다. 그 순간을 떠올릴 때마다 아직도 나는 손가락이 오그라든다.

교재에 나오는 본문을 여러 번 반복하여 읽게 하고 모둠별로 나눠서 읽거나 교재를 안 보고 읽게도 하였다. 발음 교정에 매우 신경을 썼는데 사실 경상도 사람이라 경상도 억양을 가르치게 될까 봐 스스로 노력을 하기는 하였다. 하지만 표준어를 쓰는 것 자체가 억양에서는 거의 불가능이었고 그런 내가 스스로 얼마나 낯간지러웠는지 모른다. 쓰기 수업은 시간이 많이 소요되므로 주로 과제로 대체하였고 내준 과제는 반드시 점검하고 코멘트를 달아주어 학생 각자가 효능감을 느낄 수 있도록 노력하였다. 덧붙여 과제를 성실히 하고 수업에 빠지지 않는 학생들에겐 최대한 칭찬도 아끼지 않았다. 소득이 낮은 라오스에서 상당수의 대학생들은 여러 가지의 아르바이트를 하면서 공부를 하였는데 그런 학생들이 시간을 쪼개어 영어도 프랑스어(라오스는 한때 베트남과 함께 프랑스 식민지였다)도 아닌 한국어를 배운다는 것 자체가 엄청난 노력의 결과임을 잘 알고 있었기 때문이다.

라오스에서의 수업과 그곳에서의 생활에 익숙해지면서 제자들과는 깊은 우정을 나누게 되었다. 내가 라오스에 있는 동안 졸업을 하는 학생들도 있었지만 대부분의 학생들이 1, 2학년 때 한국어를 배우는 경우가 많아 내가 한국에 돌아간 뒤 졸업을 하였다. 한국으로 온 뒤에도 나는 방학이면 라오스로 매년 여행을 갔고 사회인이 된 제자들을 만나 반가운 재회를 하였다. 물론 라오스에 있는 한국인들과의 인연도 지금까지 이어오고 있다. 지금 생각해도 너무나 고맙고 소중한 사람들이었고 지금도 그 인연은 계속되고 있다.

라오스로 떠날 때는 학교생활에 매너리즘에 빠져있던 때라 안정된 직업의 소중함을, 학생들을 가르치고 함께 생활하는

데서 오는 기쁨과 보람을 가벼이 여길 때였다. 역시 사람은 떠나봐야 소중함을 아는가 보다. 나는 한국에 돌아와서 신규 교사일 때보다 더 열심히 학교생활을 하였다. 빡빡하지만 체계적인 교육 시스템, 안락하고 쾌적한 교실과 교무실 환경, 공정하고 엄정한 평가 시스템, 심지어 안전한 도로와 편리한 한국에서의 삶까지 뭐든지 감사한 게 한두가지가 아니었다. 그렇다고 라오스에서의 생활에 불만이 있었던 것은 아님을 밝혀둔다. 산이 높으면 골이 깊고 장점이 곧 단점이 될 수 있음을 더 넓은 시각으로 볼 수 있는 어른이 된 것이라 여기고 있다.

라오스를 기점으로 나는 내가 무엇을 원하는지를 들여다볼 줄 아는 사람이 되었다. 그전까지는 정해진 틀에 맞춰 기대에 부응하는 삶을 살았으며 내가 진정 무엇을 원하는지도 모른 채 주위 사람들의 욕망을 내면화하여 나의 욕구로 인지하고 살아왔다는 것을 한국에 돌아오고 몇 년이나 지난 후에나 깨달았을 정도이니 말이다. 또한 무엇을 배우거나 도전하는 것에 한참을 망설이지 않고 당시의 나의 욕망에 솔직히 따르는 법을 깨우쳤다.

죽을 때를 상상한다. 그때 내가 무엇을 가장 후회할지를. 그때 후회하지 않을 선택을 하려고 노력한다. 결과가 나쁜 경우도 더러 있었으며 앞으로 나의 의도대로 흘러가지 않은 경우도 많을 것이다. 하지만 결과가 나쁘더라도 기꺼이 받아들일 수 있다. 길게 후회하지 않는 마음의 힘이 생겼으며 그 힘으로 나아간다.

학교 다녀오겠습니다

학교 다녀오겠습니다

그래도 우리는 교사라서

2학년 남자반을 맡았다

밀랑

오랜만에 2학년 남학생반을 맡았다. 최근 3년 동안 1학년 여학생 담임을 했는데 그전까지 3학년만 쭉 하다 보니 나 스스로가 매너리즘에 빠지는 것 같기도 했고 학교 행사나 교육과정에서 빗겨난 생활에 너무 익숙해지면 앞으로 교육과정에 충실한 생활 자체가 귀찮다고 여길 것 같았다. 오랜만에 중학교를 갓 졸업한 학생들을 보니 너무 귀엽고 파릇파릇하다는 느낌에 나도 괜히 설레기도 했었다. 물론 그 기분이 일 년 내내 가는 것은 아니었지만 말이다. 3학년과는 달리 학기 초에 친구들과의 사이에서 벌어지는 아주 작은 일도 일일이 나에게 일러바치고 별거 아닌 일도 계속 물어보고 확인을 받고싶어했다. 또한 반장, 부반장에게 일을 시켜도 무언가 미덥지 않았고 마무리가 확실하게 되지 않기도 했다. 다시 한번 1년의 짬밥이 무섭다는 걸 느끼곤 했다.

학교를 옮기고 3년차에 오랜만에 2학년을 맡게 되었고 1학년에서 같이 올라간 경우라 마음이 편안하였다. 우리반은 미적분과 과학을 선택한 학생들이 대부분이어서 착실하고 수더

분한 학생들이라 별 긴장을 하지 않았다. 그러나 아무 일도 없는 반은 존재하지 않는다는 걸 간과했다.

3월 말에 A가 할 말이 있다며 나를 찾아왔다. A는 매우 마르고 허약해 보이는 체구에 같이 지내는 친한 친구들도 없는 아이라 1학년 때부터 마음이 쓰이는 학생이었다. 발음이 매우 부정확하고 빠르게 말을 하는 편이라 알아듣지 못하는 경우가 허다해 여러 번 되물어야 했고 학업 성적도 좋지 않은 학생이라 우리 반에서 가장 안쓰러운 마음이 드는 아이였다. 그런 아이가 꺼낸 첫마디가 "B와 C가 나에게 욕을 하고 괴롭혀요"였다. 정말 놀랐다. B와 C라니⋯. 세상 착하게 보이는 아이들이 자기보다 훨씬 덩치도 작고 얌전한 학생을 둘이서 괴롭히다니 믿을 수가 없었다. 평소 점잖고 예의가 바른 학생들이라 다른 선생님이나 학생들로부터 나쁜 평판을 들어보지도 않았고 수업 시간에도 소극적이라 사실 눈에 먼저 띄는 학생들도 아니었다.

B와 C는 다른 아이들과 비교해도 키도 큰 편이고 체격이 좋아 누가 봐도 A는 괴롭힘을 당하는 입장으로 보였다. 당장 그 아이들을 불러 상담을 시작했다.

"A에게 너희들이 욕을 하고 옆을 지나가면서 일부러 놀리고 그랬니?"

라고 말을 꺼냈다.

"네?"

정말 황당하다는 듯이 되물었고, B는 웃기까지 했다.

"A가 오늘 선생님을 찾아왔어. 작년에도 같은 반이었어? 솔직하게 말해 봐."

"저는 다른 반이었고 욕하거나 노려본 적 없어요."

B가 말했다.

"사실 작년부터 사이가 안 좋았긴 했어도 괴롭히거나 욕한 적 없어요"

라는 C의 대답에 나는 뭔가가 있구나 싶어 바로 단도직입적으로 물었다.

"괴롭혔다고 생각은 안 들지만 네가 지나가면서 계속 쳐다보거나 웃으면서 약 올리는 말은 했을 수도 있지"

라고 하자 C는 순순히 얼마 전에 그런 적은 있다고 했다.

"A 입장에서는 너희 둘이 웃으면서 하는 말이나 지나가면서 쳐다보는 것도 굉장한 스트레스가 될 수 있어. 너희는 둘인데다 체격도 훨씬 좋잖아. 선생님 입장에서는 우리 반 모두 사이좋게 지내면 더할 나위 없이 좋겠지만 사실 그건 굉장히 어려운 일이지. A랑 사이좋게 지내라고 부탁은 안할게. 하지만 이제부터 근처에서 쳐다보거나 놀리는 말은 하지마. 웬만하면 너희들이 먼저 A에게 신경 쓰지 말고 근처에 있지 않는 게 좋겠다. 일 크게 만들고 싶지 않잖아, 너희들도. 그렇지?"

최대한 B와 C의 기분을 상하게 하지 않으면서 얘기하려고 나름 노력을 하였다. 앞으로 걱정이 되면서도 막연히 좋아지 겠지 라고 위안을 했다.

그다음 주 A가 종례 시간이 한참 지난 시간에 나에게 할 말이 있다고 찾아왔다. 얘기인즉슨 자기가 이동수업이라 '생활과 윤리' 교실인 3반에 앉아있었는데 C는 이 수업을 듣지 않는데도 쉬는 시간에 3반 교실을 들락날락했다는 것이다. 아 마 자신의 신경을 긁으려고 그렇게 행동한다고 확신하는 것 같았다. 내가

"A야, 쉬는 시간에 C가 어디를 가든 그게 교칙을 어기는 게 아니면 선생님도 어쩔 수가 없단다. 그것도 이동수업시간 에 다른 교실에 가는 건데 그걸 어떻게 뭐라고 할 수 있겠 니? 너에게 다가가서 말을 시킨 것도 아니고 단지 그 교실에 왔다갔다 한 걸 못하게 할 수는 없어. 걔도 다른 친구를 만나 려고 간 거일수도 있잖아?"

라고 타일렀다. 이렇게 A는 이 비슷한 일 혹은 매우 사소 한 일로 최소 일주일에 한 번 이상 찾아오기를 반복했다.

어느 날은 A가 또 흥분한 채로 찾아와 B와 C가 쓰레기를 자기에게 던졌다고 했다. 나는 바로 교실로 가서 그 둘을 불 러 물어보았는데 쓰레기를 던진 게 아니라 B와 C가 종이를 뭉쳐서 던지고 놀았는데 그게 바닥에 떨어져 굴러가 A옆으로

간 것이었다. 혹시나 싶어 다른 아이들 몇 명에게 물어보니 B와 C가 한 말이 사실이었다. 심지어 A가 갑자기 그 둘에게 욕을 하면서 화를 냈다고 했고 옆에서 굉장히 당황했다고도 덧붙였다. 또한 약 한 달 전쯤 하교 시간에 신발장 근처에서 A가 갑자기 욕을 하면서 C의 멱살을 잡은 적도 있다고 하였다. 자기가 보기엔 그냥 갑자기 화를 내는 것 같이 보여 너무 황당했다고도 하였고 이 일도 옆에서 본 아이들이 여러 명이라 체크를 해본 결과 거의 사실이었다.

아하…. 나는 뭔가 조금씩 잘못되었음을 느끼기 시작했다. 단순히 사이가 나쁜 관계에서 힘 약한 아이가 일방적으로 당하는 거라 생각했는데 이건 A의 피해의식이 너무 과해 만들어진 상황이라고밖에 볼 수 없는 문제였던 것이다. A 스스로 자신은 늘 피해자이며 친구들이 나 주위에서 놀리고 계속 쳐다본다고 늘 생각하는 게 문제였던 것이다. 모든 신경이 그 둘에게 가 있으니 그 아이들이 곁에서 무슨 행동을 해도 자기를 공격하는 것으로 받아들이는 것이었다. 나도 행동을 바꿔야겠다고 결심했다.

A에게 진지하게 말했다.

"너가 계속 선생님에게 그 애들 얘기를 하니 뭔가 행동으로 옮겨야겠다. 학폭으로 신고하렴!"

그 말에 A는 매우 당황했다.

"학폭으로요? 아…. 그럼 선생님이 학폭으로 신고하는 건가요?"

"아니, 당연히 너가 직접 인성부에 신고해야하고 오늘 집에 가서 부모님께도 그동안의 일을 말씀드리렴"

"그건 싫은데…. 선생님이 우리 부모님께 전화해 주시면 안돼요?"

"A야, 그건 안 돼. 그건 선생님이 할 수 없는 일이야. 너가 정확하게 부모님께 말씀드리고 후에 부모님과 선생님이 통화를 할게. 그리고 학폭위원회가 열리면 너도 그동안에 있었던 일을 정확하게 얘기해야 하고, 너가 했던 행동도 사실대로 얘기해야 한단다."

라고 천천히 설명했다. A는 알았다고 대답하며 고민을 해보겠다고 하고 돌아갔다.

역시 그 후로는 A가 나를 찾아오는 횟수가 현저히 줄었고 그 아이들이 괴롭힌다는 얘기도 하지 않았다. 혹시나 A가 나에게 말을 못하는 게 아닌가 싶어 가끔씩 반장, 부반장에게 A, B, C가 교실에서 생활하는 것에 관해 물어보면 더이상 나쁜 상황은 아닌 것 같기는 하다.

여전히 A는 손이 많이 가는 학생이긴 하다. 선택 과목 신청할 때는 선택 과목을 바꾸면서 적어도 10번은 오류가 있었고, 단말기를 지급받아 사용 등록 신청을 할 때도 아이디와

비번을 기억을 못해 한참이 걸리기도 하였다. 물론 담임으로서는 A는 답답하고 미덥지 않을 때가 많고 걱정을 끼치는 학생이다. 앞으로 A가 대학 생활을 제대로 할지, 직장 동료들하고 어떻게 지낼지 걱정이 많이 된다. 물론 그것보다 앞서 지금 당장 마음을 나눌 친한 친구가 한 명이라도 생겼으면 하고 진심으로 바란다. 안쓰러워 더 챙겨주려는 행동이 그 아이의 자존심을 상하게 할까봐 먼저 걱정부터 들기도 한다. 이번에 가는 수학여행도 그 아이는 가지 않는다. 혹시 경비 때문에 부담이 되었나 싶어 지원을 받을 수 있도록 추천을 하고 싶었으나 그 아이는 수학여행 자체를 가고 싶지 않다고 딱 잘라 말했다.

우리반에는 이 아이 말고도 한 쪽 귀가 잘 안들리는 아이, 학교 부적응으로 늘 조퇴를 하려고 나를 찾는 아이, 인터넷 방송을 하면서 정신을 아예 거기 두고 온 아이, 허약한 몸을 핑계로 계속 자려고 하는 정말 정말 게으른 아이, 5분 거리에 살면서 일주일에 4일을 지각하는 아이들이 있다. 사실 모두가 안쓰럽다. 학교에 오게 만들고 규율을 준수하게 하는 게 내 일이니 안쓰러운 마음을 뒤로 하고 엄격하고 공정하게 대하려고 한다. 오늘도 규칙을 운운하며 그들을 혼을 내고 벌을 주다가 가끔은 어르고 달랜다. 말 잘 듣고 수업 잘 듣는 아이들만 있다면 나는 정말 학생들을 겉으로만 알았을 것 같다. 학교 경력이 늘수록 힘든 아이들은 더욱 느는 것만 같아도 또 이 아이들로 하여금 내 언행을 반성하기도 하고 성장을 하기도 한다. 어찌보면 진정한 나의 선생님이지 싶다.

'오늘은 A가 나를 찾아오지 않았네…. 야호!'

하고 웃으며 퇴근하는 나는 아직도 한참 부족한 어른이다.

이상과 현실의 괴리

질리

평소 아주 열심히 수업을 준비하는 편이다. 보통 1차시 수업을 위해서는 한 시간 정도의 교재연구 및 자료준비의 시간이 필요하다. 물론 그 시간을 넘어가면서 준비할 때도 있다. 최선을 다해 내가 먼저 교재 내용을 이해한 후, 어떠한 방법을 써야 학생들을 잘 이해하게 할 수 있는지에 대한 방법론적인 문제도 언제나 고민이다.

그 수업도 그랬다.

세상이 변하고 있는 중이다. 교육계에도 새로운 바람이 매년 불고 있다. 교육학을 공부하면서나 들어보았던 융합수업을 하라고 학교에서 시킨다. 대학을 졸업한 지가 어언 16년이 지났는데, 그 16년 동안 한 번도 그 "이론으로만 공부했던 융합수업"을 제대로 해본 적이 없다. 아, 한 번 있기는 있었다. 그런데 그것은 다소 자발적으로 행했던 2차시 정도의 블록타임 수업이었고, 이번 융합수업은 학교에서 모든 교사가 강제로 해야하는 2일 분량의 수업이다.

좋다, 해보자, 라는 생각이 들었다. 나는 새로운 과제를 겁내지 않는 편이고 도전을 좋아한다. 그러나 학교에서 내어준 주제는 아주 올드하지만, "미래사회"라고 한다. 나와 함께 융합수업을 하는 선생님은 역사 선생님이다. 역사와 국어의 조합인데, "미래사회"라니. 함께 머리를 쥐어짰다. 그 결과, 우리 수업의 주제는 "과거를 바탕으로 창원의 미래사회를 구상해 본 뒤 그림 동화로 표현하기"가 되었다. 역사 선생님은 창원의 역사를, 국어 선생님인 나는 동화책의 구조와 글쓰기를 지도한다.

수업을 구상하면서, 우리의 상상 속에서는 아주 재미있는 이야기가 펼쳐졌다. 마치 '불편한 편의점'처럼, 20년 뒤 창원의 시내에서 펼쳐지는 일상과 이웃의 이야기들. 지금 고1 학생들이 20년 뒤 동창들을 만나 왁자지껄한 술자리가 펼쳐질 경남 최대의 번화가 상남동은 과연 어떻게 변해있을 것이며, 어느덧 아기 아빠가 된 학생들이 아기를 낳을 때의 산부인과 시스템 및 조리원 시설이 어떻게 변해있을지, 육아에 대한 생각과 방법은 어떻게 변해있을지, 창원시에는 어떤 일자리가 살아남고 어떤 일자리가 없어졌을지, 그럼에도 불구하고 여전히 남아있을 것은 무엇일지, 우리는 상상만 해도 재미있었다. 그리고 기대했다, 믿었다. 10대 청소년의 상상력과 창의성을….

그리고 열심히 준비했다. 종이 및 색연필, 마카를 준비하고, 샘플이 될 동화책들을 사서선생님께 미리 말씀드린 후 한꺼번에 대여하였다. 졸업앨범도 빌리고 사이버 역사관도 찾아보았다. 동화책의 예쁜 그림들을 스캔을 떠서 PPT로 만들었다. 그림책 수업을 위해서 관련 연수도 찾아 들어보고, 핵심 내용을 정리해서 수업 설계에 반영했다. 학생들과 구연동화를 하기 위해서 동화책도 여러 번 읽으면서 학생들의 목소리로 채워질 흥미진진한 수업을 생각했다.

수업 당일, 첫 시간.

적막하게 앉아있는 학생들에게, 오늘 수업에서 무엇을 배우러 왔는지 질문한다. 대답하지 못한다. 오늘 수업의 주제를 알고 왔느냐고 묻는다. 대답하지 않는다.

어색한 침묵이 흐르자 한 명이 겨우 대답한다.

"동화책 만들러 왔어요."

"맞아요, 그럼 그 동화책의 주제가 무엇인가요?"

"……."

겨우겨우 수업을 진행시켜 동화 읽기가 시작되었다. 몇 명을 지목하여 동화를 읽히자마자 관심 없음을 온몸으로 표현하며 엎드리는 몇 명. 그 몇 명을 다시 일으켜 동화를 읽히니들을 필요가 없다는 태도로 태블릿을 여는 아이 몇 명.

정말로 돌아버릴 지경이었다. 내가 들은 연수에서는 아주 재미있게, 웃음도 빵빵 터뜨려가며, 정말로 캐릭터가 살아 움직이듯이, 주제도 잘 전달이 되도록 모두가 구연동화를 잘 해냈는데…. 아이들에게 그런 즐거움을 전달해주고 싶었는데, 동화책에서 전달될 수 있는 감동을 전해주고 싶었는데. 너희도 이러한 감동인 이야기를 창작해 낼 수 있다는 가능성을 맛보여주고 싶었는데.

이후부터는 마냥 버티기였다. 한 시간 한 시간을 버티고, 하루를 버티자, "내일도 똑같은 거 또 해요?"라는 질문을 들었다. 다음날이 되자, 모둠에서 한두명만 작업을 하고 나머지는 아예 교실 바닥에 누워버렸다. 그래도 버텨야 했다. 어떻게든 이틀날을 채워야 하니까.

학생들은 겨우겨우 작품을 완성해 냈다. 초등학생 과학의날 그림그리기 대회 출품작같은 작품이 완성되었다. 창원이 물의 도시가 되자 테슬라 수중택시를 운전하는 택시기사가 상어에게 죽을 위기에 처하자 119구조대원이 구해주는 이야기, 창원의 '미래'가 아닌 '현재' 마산 수산시장 및 진해루 등의 관광지를 소개하는 이야기, 너무 오염되어버려 결국 모두가 멸망해버리는 암흑 같은 미래이야기….

하지만 현경은 이미 돌이킬 수 없었다.

나는 택시운전사 로키차가 수중도시 눈에서 운지를 지나가던 다영을 사고쳐서 잡았다.
나는 2006모에 데비로 받아 15살이가 그 동안 교도쪽에 있다가 옆기 인인 진 뉴스의 하나의 몸이 잘렸다. 나는
오인간 뉴스를 얻겨나고 하두면 테라카 에가나고 그래서 힘을 했하여 않~있고 나는 진짜~로 테리카 택시를 구해 2번 째
택시를 하드나, 다치 도로 갑 시내 였으로 돌라바쁘 운기 택시되는 돌려가 보니, 이제던 효남가 잡나지
가별 까~!

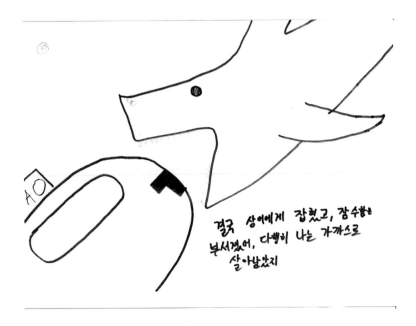

결국 상어에게 잡혔고, 잠수함을
부서졌어, 다행히 나는 가까스로
살아남았지

상어에게 먹히기 직전 119 구조원이 도움으로 살아났어.
119 구조원은 숙련된 기술로 상어를 처리했지.
먼저 2062년의 치안은 정말 대단해! 119 덕분에
바다 속에서도 안전하고 편안하게 살 수 있어 행복해!

"여기는 창원에서 가장 큰 어시장인 마산어시장이야."

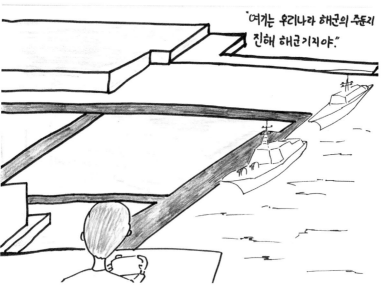

"여기는 우리나라 해군의 주둔지 진해 해군기지야."

기대 이상의 수준으로 과제를 수행해 내는 아이들을 만나면 나의 교사로서의 능력이 역시나 뛰어나다고 기고만장했던 시절이 있었다. 그러나 반대로, 내가 설정한 기대치와 아이들의 결과물 수준이 크게 어긋날 때면 코로나 때문에, 자유학기제 때문에, 아이들의 수준이 점점 떨어진다는 말로 스스로를 위로하고 격려하지만 그 밑바닥에는 내가 교사로서 여전히 부족하며 잘 이끌지 못했다는 자책감이 항상 동반된다. 그렇지만 최근에는 점점 빈도수가 늘어나서, 자책의 빈도수도 늘어나고, 그러면 괴로워지니까, 아이들을 탓하고 욕심을 버린다.

인간이니까 이상적인 상황을 늘 꿈꾸지만 현실은 현실인 법. 교사든 회사원이든 여타 직장인이든 무엇이 다르랴. 합격하고 처음으로 교편을 잡았을 때, 임용 공부 중인 선배가 물었다.

"현장에서는 어떻게 수업해? 우리가 공부하던 것처럼 모둠 수업을 하고, 활동 중심으로 수업하나? 애들이 잘 따라와?"

그때 약간 부끄러워하며 대답했던 것 같다.

"EBS 강사처럼 강의식으로 수업해요."

"역시 그렇지? 그럼, 그렇게 해야지."

자조적인 웃음을 지으면서 고개를 끄덕였던 것 같다.

비음산 정상, 반짝이는 창원 시내의 불빛을 내려다보며, 습

습한 여름 바람을 맞는다. 배낭의 온기에 미지근해진 맥주 한 잔을 따며 A샘이 말한다.

"아이들의 선택을 존중해줘. 수업 시간에 집중하지 않고 다른 것을 하면, 자신이 그 시간을 어떻게 쓸 건지 선택한 거니까 그 아이의 선택에 본인이 책임지도록 해."

B샘이 말한다.

"우리는 교사잖아요. 아이들을 지도해야 할 의무가 있다고 저는 생각합니다."

A샘과 B샘 사이에서, 나는 말없이 캔의 꽁무니를 깡 부딪혀 건배하고는 꿀꺽꿀꺽, 첫입이 가장 맛있는 맥주를 들이킨다.

우리쌤

유똑

교무실 문을 열면 아이들이 교무실에서 시끌벅적 나를 반긴다.

"선생님~~~^^"

아이들은 선생님과의 거리감이 아주 가깝다. 선생님에게 관심이 많다고 표현하는 것이 더 정확한 표현일 것 같다. 그들에게 나는 항상 '우리쌤'이었다. 군대를 다녀오고 취업까지 한 그 아이들은 지금도 내게 '우리쌤'이라고 부른다.

첫 발령. 농어촌 지역의 남자 고등학교. 남학생들이지만 선생님을 대하는 태도는 거의 초등학생들처럼 애교가 넘친다. 수업을 마치고 오면 종종 교무실의 내 자리에 앉아 나를 기다리고 있는 학생이 한 명 있었다. 특별한 이유는 없이 그냥 왔다가 농담 한두 마디 나누고 돌아간다.

처음 만난 것은 아이가 고1 때 교과 수업 시간이었다. <말죽거리 잔혹사> 같은 영화에 나오는 불량 청소년 같은 포스를 풍기면서 교실 제일 뒷자리에 삐딱한 자세로 앉아서 나를 뚫어져라 쳐다봤다. 책상 위에 책도 없고 공부에 관심도 없는 것은 물론이고, 기본적인 태도가 불량한 느낌이 드는 아이…… 당시 신규교사였던 나는 그 아이에게 말을 걸면 무슨 일이라도 생길까 걱정하며 지레짐작으로 아이와 거리를 두었다. 당시 가정형편이 어려운 아이들에게 무상으로 교재와 교육비를 지원하는 업무를 담당하고 있었는데, 나에게서 무상교재를 전달받자마자 친구들에게 싼값에 팔아버리는 모습을 목격한 후로는 아이에 대한 이미지는 첫인상에서 벗어나지 못하고 굳어져 버렸다. 하지만 신기한 것은 교무실에서 선생님들 사이에 그 아이에 대한 나쁜 말이 오고 가거나 그 아이와 관련된 사소한 사건사고도 없었다는 점이다.

그로부터 2년의 시간이 흘렀고, 나는 첫 고3 담임을 맡았다. 출석부 명렬을 쭉 내려보다가 우리 반 마지막 번호에 그 아이가 있는 걸 알게 됐다. 고3 담임이면 학습지도나 진로지도에 집중하면 될 것 같았는데, 우리 반에 생활지도를 해야 하는 아이가 있다니…….

우리의 첫 상담. 마주 앉은 자세는 여전히 삐딱한 자세로 불량함을 풍겼지만, 대화 내내 아주 순박한 웃음을 지었고, 말투는 투박하지만 대화의 내용은 아주 부드러웠다. 자세하게 설명하지 않아도 나에게 어려운 가정환경과 자신의 미래에 대한 생각을 솔직하게 털어놓았다. 어릴 때부터 부모님이 아닌

할머니와 둘이 살면서 할머니 농사일을 돕고, 자기 스스로 돈을 벌어야만 생계를 꾸려갈 수 있는 아이의 가정환경과 공부는 큰 관심 없어서 학교가 크게 필요하거나 중요한 곳은 아니지만 그래도 가정에서 온전하게 받지 못하는 관심과 보호를 받을 수 있는 곳은 될 수 있다는 것을 느꼈다.

그날 밤 잠에 들기 전 나는 이런 생각을 했다.

'담임과 학생으로 만나서 다행이다.'

담임으로 만나지 않았더라면 아마 지금도 나는 그 아이를 영화 속에나 나오는 그런 불량한 학생으로 기억하고 있었겠지. 이미지와 나의 지레짐작으로 학생을 편견 속에 가두는 일은 하지 말아야겠다는 반성을 했던 밤이었다.

그날 이후 아이는 나를 보는 표정과 행동이 바뀌었다. 복도에서 마주치면 장난을 치거나 미소를 지어 보이고 사소한 농담을 던지는 아이를 보면서 학교에서라도 의지할 수 있는 사람이 되어주고 싶다는 생각을 했고 아이도 그렇게 받아들였던 것 같다. 여전히 학교의 생활 측면에서는 지도가 많이 필요한 학생이어서 사소한 트러블은 발생했지만 그 또한 아이에게는 관심과 보호의 손길이었을 것이다. 그렇게 시간이 흘러 아이는 졸업을 했고 나는 그 학교를 떠났다.

도시의 학교에서는 교무실 선생님의 의자에 앉아있는 일은 있지도 않고 교무실은 아이들과 어느 정도 거리감이 있는 장

소다. 무엇보다도 학교에서 선생님에게 애정을 찾는 아이들은 별로 없다. 오히려 사랑을 줄 줄도 알고 받을 줄도 아는 아이들이다. 대부분 가정에서 온정적인 사랑을 받고 자란 아이들이어서 그런 것이라는 추측을 해본다. 도시의 아이들과 새로운 학교생활에 적응해갈 때쯤 문득문득 첫 학교의 아이들이 떠올랐다. 살갑게 다가오며 '우리쌤~'이라고 부르던 아이들의 모습이 그리웠다.

첫 학교에서 만난 학생들은 이제 20대 중반을 넘어가는 성인이 되었지만 보고 싶다는 말도 거리낌 없이 하고 응원의 메시지를 종종 보낸다. 대부분은 학교에서의 인연을 마지막으로 각자의 삶을 살아가지만 졸업하고도 꾸준히 연락하고 찾아와주는 학생들이 있기에 교사로서 나의 의미가 지속되는 것이 아닐까 하는 생각이 든다.

도시의 아이들에게도 나는 '우리쌤'이다. 아이들에게 나는 '우리 담임선생님'의 존재다. 첫 학교에서 아이들에게 나는 '우리쌤'이다. 아이들에게 나는 '의지하고 기댈 수 있는 나의 선생님'의 존재였다.

나도 이제 연차가 쌓이면서 첫 학교에서의 기억은 추억으로 희미해져가고 있다. 하지만 교무실에서 나를 기다리던 그 아이는 아직도 선명하다. 졸업 후에 군대도 다녀오고 취업도 해서 바쁘게 자신의 삶을 살아가고 있는 어른이 되었지만 1년에 설, 추석, 나의 생일 3번은 반드시 잊지 않고 안부를 묻는 전화가 온다.

  "우리쌤! 잘 지내십니까?"

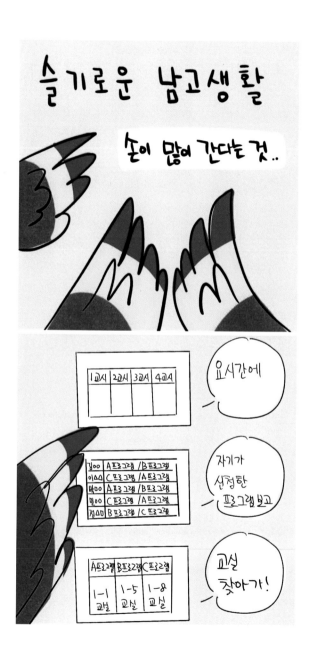

학교 다녀오겠습니다

※ 생각하며 걸어가는 길 ※

잘 가르친다는 착각

유똑

신규 때의 열정과 잘 가르친다고 생각했던 순간을 떠올려보면서 '잘 가르친다는 것'은 무엇인지 생각해보았다.

내 교직 생활의 3분의 1 지점이 이제 지나가고 있다. 나의 경력도 이제는 좀 매너리즘에 빠지는 시간을 맞이한 걸까, '잘 가르친다는 것'에 대해서 생각해 보는 시간이 많아졌다. 20대나 40대나 늘 아이들을 일관되게 엄격하게 지도하는 밀랑의 지도법과 교육활동에 대해 크게 스트레스 받지 않고 융통성 있게 대처하는 쫑티, 열정적으로 수업 준비를 하고, 새로운 교육활동을 찾아나서는 질리. 그들과 학교에 대한 이야기를 나눌 때면 마치 내가 신규 때 열정을 불태웠을 때처럼 동기부여가 됨을 느낀다.

작년에 나는 질리와 함께 같은 학년 같은 학생들을 가르쳤고, 그녀와 함께 자율형 교육과정 수업을 진행했다. 그때 그녀의 촘촘한 수업 계획과 수업을 이끌어가는 진행능력을 보았다. 그리고 질리는 수업시간 아이들의 결과물이나 보람된 교육활동에 대한 이야기를 자주 한다. 그녀의 열정적인 모습을 보면서 나는 내가 가진 교사로의 정체성, 그리고 내가 잘 가르치고 있는 것인가에 대한 고민을 하게 된다.

최근 수업시간과 내가 가르치는 과목에 대한 재미가 좀 없어졌다. 그 이유가 무엇인지 생각해보니 이 전공을 선택할 때도 나의 흥미가 아니라 점수에 맞춰서였던 것 같고, 최근에는 고교학점제로 인해 내가 전공하지 않은 과목을 가르치는 것에 대한 회의감이 크게 느껴졌기 때문인 것 같다. 이런 나의 고민을 듣던 밀랑은 본인도 나와 비슷한 경험이 있지만 경험치가 쌓이고 시간이 지나니까 안정기에 접어들더라는 이야기를 해주었다. 어떤 특정 과목이라서 재미가 없는게 아니고 지금은 아이가 어려서 육아하느라 바쁘고 학교 일을 일과 외적으로 신경을 쓰기 힘든 상황이 지속되다 보니까 이런 고민도 계속하게 되는 것이라고 위로를 해준다. 밀랑은 너무 가르치는 활동이 싫어서 교직 6년차에 대학원을 갔고, 대학원 이후 라오스에 3년간 다녀온 후에서야 진정한 교직생활을 하게 된 것 같다고 한다. 어릴 때 아주 열정적이고 물불을 가리지 않고 교육활동을 했었는데, 이 시간들을 보내고 나니 직업인으로서의 교사, 가르치는 것에 대한 소중함을 느끼게 되었다고 한다. 나는 아직 그녀만큼의 경력이 쌓이지 않아서일까…….

올해 학교를 옮겼는데 우리 학교는 교생선생님들이 매년 오는 학교라 앞으로 이 학교에 근무하는 동안은 매년 교생선생님들을 지도해야 한다. 올해 교생선생님들을 만나면서 과연 내가 이분들에게 어떤 도움을 주어야 하는가라는 생각도 하게 되었고, 이 선생님들의 열정을 보면서 그동안 내가 잘 가르친다는 착각을 하고 있었던 것은 아닌가에 대한 생각을 더 강하게 하게 되었다. 그럼 나는 앞으로 매년 이런 고민을 반복하게 되는 것일까……

이런 이야기를 나누고 있는 도중 쫑티가 줌 회의에 접속을 했다. 그녀는 학교에서 미끄러져서 무릎을 크게 다쳐 병원에 입원 중이다. 그녀는 내가 '잘 가르친다는 착각'이라는 말만 꺼냈는데도 허허 웃으면서 '나는 너무 잘 가르치는데?'라고 말한다. 우리 모두 그 말에 웃었다.

그래서 '잘 가르친다는 것은 무엇인가요?'라는 질문을 던졌다. 그녀가 생각하는 잘 가르친다는 것은 아이들과 소통이 잘 되는 것이라고 한다. 서로 친밀한 관계 속에서 피드백도 잘 되고, 수업이 잘 진행되는 것이라는 이야기를 한다. 나는 아이들과 완전 친화적인 편이고 소통도 잘 되는 교사라고 생각하는데 그럼 나는 잘 가르치는 것인가에 대해서 다시 한 번 생각하게 된다. 쫑티는 음악교사라서 그녀가 가르치는 교과목의 특성에서 기인하는 것이 아니냐는 의견이 나왔다. 교육활동의 성과물이 점수화되는 교과가 아니라 '실력향상'이라는 측면에서 가시적으로 드러나는 교과목이라는 점을 지적했다. 이 점에 쫑티는 격하게 공감하면서 자신이 잘 가르친다고 생각하는 이유는 수업시간에 학생들의 실력을 레벨업 시키는 동기가 '내가 이것을 할 수 있구나, 내가 이것을 해냈구나'를 느끼게 해준다는 것이다. 활동을 5단계로 표현하면 1~4단계까지 조금만 해도 목표를 달성해서 '아, 내가 연습하니까 이 정도를 해낼 수 있구나'라는 것을 느끼고 성취감을 맛볼 수 있게 해준다고 한다. 그녀의 이야기에서 '과제를 어떻게 제시하는 것이 좋을까'에 대한 고민도 더해본다.

그녀들의 이야기처럼 나에게는 시간이 필요한 것일 수도 있고, 아이들과의 관계성 측면에서 볼 때는 나도 쫑티의 말처럼 잘 가르치는 것일 수도 있다. 아이들과 수업시간에 재미있는 이야기를 주고 받으면서 유쾌하게 웃을 수 있는 수업시간이고 싶고, 수업이 끝나는 종소리와 함께 오늘 내가 한 수업에 대한 만족감도 느꼈으면 좋겠다. 나는 오늘도 그녀들의 이야기를 들으면서 교사로서의 '나'에 대해 고민하고 위로를 받는다.

요즘 시대를 바라보는 우리의 생각

쫑티

포스트모더니즘, 신자유주의 사회를 살아가면서 개인은 더 중요해지는데, 오히려 역설적으로 개인은 점점 더 상실을 경험한다. 예전보다 물질은 더욱 풍요롭고, 사상은 자유로운데 인간의 관계는 더 메마르고 힘들다. 교육의 질은 더 높아지고 어느 곳에서나 배울 수 있는 시대를 살아가지만 자신의 가치를 세우거나 행복을 추구하지는 못한다. 이런 상실의 시대에서 교사들은 어떤 가치관을 가져야 되는가. 관계의 어려움을 호소하는 아이들을 어떻게 가르칠 수 있을까.

교직 경력 21년이면 학교생활의 전문가가 되어야 맞다. 그러나 여전히 학교 현장은 나를 고민하게 만든다. 왜 그런가. 사람과의 관계가 매우 어려운 시대이기 때문이다. 거의 대부분의 사람들이 이런 경험을 하고 있지 않을까 생각한다. 남에게 피해만 안 주면 되는, 나의 행복만 추구하면 그만인 시대, 옳다는 가치, 절대적, 윤리적 가치가 없는 그런 사회에서는 인간관계가 힘들다. 10명 모두가 자기의 행복만을 추구한다면 10명 모두 행복할 수 있을까?

또 다른 생각을 해본다. 과연 이 시대 모두를 아우를 수 있는 핵심적 가치는 있을까. 임진왜란을 일으켰던 도요토미 히데요시가 전국시대를 통일했다. 통일되고 나니 영주, 무사들의 불만이 쌓이고 여러 문제들이 발생하게 되었다. 그래서 그 불만과 에너지를 다른 곳으로 돌리고 나라를 안정시키기 위해 대륙 정벌, 곧 조선을 침략하지 않았던가. 새로운 적이 생기면 오히려 응집되는 결과를 낳았다. 그러나 지금의 우리 시대는 하나 될 수 있는 핵심적 가치가 없다. 개인의 시대, 개인의 인권, 개인의 행복……. 과연 내 개인의 행복이 절대적 가치가 될 수 있을까? 밀랑과 나는 교사의 가치관과 삶에 대해 이런 대화를 했다.

"샘은 이 시대를 어떻게 보고 있어?"

"요즘은 교사 개인도 자신의 가치관이 확고하거나 이를 확실하게 추구하는 것 자체가 미덕이 되지 못하는 사회가 되었어. 과거에는 전통적 가치관이 사회나 가정, 학교에서 동일하게 존재했지. 교사는 이러한 가치관 속에서 가르치는 역할을 했어. 그러나 지금은 교사도 학생도 탈가치, 즉 상대적인 신념의 차이 속에서 큰 혼란을 겪고 있다고 봐. 이제는 도덕적으로 옳고 그름으로 판단하거나 행동하지 않아. 법적으로 위법한지 적법한지, 가해인지 피해인지만 남게 되어 손해만 따지지. 교사를 포함해서 어른들이 더이상 학생들에게 도덕적으로 옳고 그른 일을 가르치기 어려워졌어. 교사도 개인이자 사회의 한 일원이니 거대한 사회적 흐름에 맞서기 어려워. 아마도 사회에서 요구되는 가치관을 가지거나 혹, 가치관 없는 교사가 다수이지 않을까. 결국 이해득실을 따지는 가치관만이 남게 되겠지."

밀랑은 현실을 매섭게 바라보고 있었다. 결국 학생과 교사는 사랑의 관계가 아니라 법적인 관계로 발전한다. 100명 중 1명의 학생에게 문제가 생기면 언론에서는 난리가 난다. 불안을 먹고 사는 미디어는 이것을 기회 삼아 입맛대로 확대 보도한다. 그러니 사회는 학교를 불신한다. 또 다른 한 명의 희생자가 일어나지 않도록 법이 강화된다. 교사와 학생은 점점 더 멀어지고, 학부모는 도끼눈을 뜨고 지켜본다. 사랑과 신뢰 관계 속에서 자라지 못하는 학생들, 교사의 소극적인 교육 활동, 법 테두리 안에 갇힌 삭막한 학교생활. 과연 이것이 맞는가.

한 가정을 이끌어 갈 때에도 규칙과 법이 필요하다. 반드시 지켜져야 하는 법들만 난무하다면 가정은 삭막하기 그지없다. 아이는 규칙을 잘 지키지 못하지만 그때마다 벌을 준다면 교육의 효과는 떨어진다. 부모는 사랑으로 자녀를 이끌어야 한다. 사랑이 답이기 때문이다. 사랑은 모든 허물을 덮어준다. 에리히 프롬의 '사랑의 기술'에서는 분리불안, 상실과 소외감을 극복하기 위해선 사랑의 실천이 중요하다고 했다. 그러나 법과 사랑은 대립된다. 법은 지키지 않으면 처벌을 받는다. 처벌이 무서워 법을 열심히 지키지만 관계는 점점 삭막해진다. 법과 사랑. 법만으로는 세상을 행복하게 만들 수 없다. 결국은 행복은 사랑이다. 인간은 관계가 힘들면 불행해진다. 나의 생각을 들어본 밀랑이 이런 말을 한다.

"관계의 어려움을 호소하는 학생들은 대체적으로 내성적이거나 매력이 별로 없어서 (혹은 재미가 없어서) 외로운 친구들이야. 10대에는 또래 친구들이 워낙 중요하니까 그것을 크게 느끼지. 이러한 친구들에게도 단 한 명의 친구만이라도 있으면 견딜 수 있어. 내가 본 바로는 거의 그래. 오히려 어른이 적극적으로 나서서 중재하면 당사자의 자존심이 상하는 경우가 있어서 매우 조심스럽기도 해. 사실 조금만 기다려주면 대학에서 새로운 친구를 사귀거나 사회생활에서 마음 맞는 동료를 만나는 경우도 흔해. 꼭 학창 시절의 친구만이 제대로 된 친구라는 허상을 깰 필요가 있지.

오히려 갈수록 친구는 필요 없다고 생각하고 오롯이 혼자 있는 게 편하다고 생각하는 학생이 늘고 있어서 걱정이야. 하루종일 말 한마디 하지 않은 채 자기만의 세상에서 누구와도 소통 없이 지내는 애들 말이야. 누구에게도 상처받지 않겠다는 의지인지 멘탈이 강해서 그런 것인지는 모르겠지만 교사로서 그 부분이 가장 걱정되고 안쓰러워. 어릴 때 학교 폭력이 있었는지 혹은 가정에 문제가 있는지 자세히 묻고 싶지만 이 자체가 학생에게 상처가 되거나 기분을 상하게 할까 봐 매우 조심스러워. 혹여 상담이라도 하면 아무 일 없다고 대답해. 그 대답이 얼마나 진실한지, 신뢰하기 어려운 것도 사실이다. 내가 학생의 형편과 상황을 안다고 해도 구체적으로 해줄 수 있는 일이 무엇인지 확신하기 어려워."

참 공감되는 이야기다. 그는 다시 이야기를 이어간다.

"사실 고등학교에서의 교사의 역할은 교과를 잘 가르치는 게 1등 덕목이라고 생각해왔어. 하지만 갈수록 이 역할은 축소되는 것 같아. 미래 사회에서는 내가 얼마나 많이 아는가가 중요한 것이 아니라 오히려 감성적으로 상대방을 감화시키거나 설득하고, 창의적으로 문제에 접근하고, 팀 프로젝트 등에서 원하는 결과를 이끌어내는 능력이 훨씬 중요하다고 생각해.

그렇게 보면 인문학적 소양이 풍부하고 상대방의 얘기를 경청할 줄 알며 자신의 의견을 논리적으로 감성적으로 펼치는 능력이 중요하다고 봐. 창의적인 결과물을 이끌어내기 위해서는 창의적인 시선과 접근도 중요하지만 동료와의 협업에서 좋은 결과가 나오기 때문에 이들과의 관계 설정도 매우 중요할 거야. 즉 인화적인 성품을 길러내는 것이 중요할 텐데, 아직

학교 현장은 상대평가이니 줄 세우기가 만연해서 인성 교육은 사실 매우 어려워. 다행히 진로 선택 과목은 절대평가라서 조금씩 그 평가 방향이 바뀌고는 있어. 하지만 대입 서열화가 없어지지 않는 한 좋은 평가 방향도 변형돼버리지 않을까 걱정이야."

"맞아, 학교에서 인간관계를 배우지 못하면 협업조차 하기 어려운 게 현실이야. 소통 없이 지내는 아이들이나 관계를 어색해 하거나 무서워하는 아이들, 이런 아이들이 점점 많아지고 있어서 큰일이야. 아마도 올바른 사랑을 경험하지 못했거나 배우지 못했을 거란 생각이 들어. 그러니 삭막한 학교생활이 얼마나 힘들겠어? 교사가 해야 되는 일은 물론 학생들을 지식적으로 잘 가르치는 것도 중요하지만 내가 그들을 존중하면서 존중하는 법을 가르쳐야 된다고 생각해."

나는 상실의 시대에서 옳은 가치, 하나 될 수 있는 핵심 가치를 '사랑'이라고 말하고 싶다. 빅터 프랭클린은 지옥 같은 죽음의 수용소에서 사랑하는 아내를 생각하며 고통을 견뎌냈고, 불편한 편의점 여사장 염 여사와 독고 씨 등, 그들 역시 사랑을 통해 관계를 회복한다. 사랑은 인간관계를 옳은 방향으로 이끈다. 교사와 학생도 이렇듯 사랑의 관계가 되어 행복을 느끼면 좋겠다. 에리히 프롬의 말처럼 우리는 사랑을 배워야 하고 실천해야 한다.

요즘 문득 그런 생각이 든다. 지금은 신을 잃어버린 시대다. 다들 신은 죽었다고 이야기한다. 그것은 결국 인류를 불행하게 만든다. 신을 잃어버리면 인생은 허무해진다. 죽음 이후에 아무것도 없다고 생각하기 때문이다. 이 세상이 끝이라면, 우리의 삶은 얼마나 허망한가. 우리는 다시 신을 찾아야 한다. 신이 우리를 사랑한 것과 같이 우리는 사랑을 배우고 실천해야 한다.

이 일을 오래 할 수 있게 하는 힘

질리

최근 우리가 나눈 대화는, 어서 퇴직하고 싶다거나 다른 일을 찾아야 할 텐데 등등 진로에 대한 걱정어린 내용이 대부분이었다. 그러나 주위를 둘러보면 50-60대가 되어서도 끊임없이 열정적으로 일을 하시는 선생님들이 분명 계시다. 그분들이 오래 일하시도록 하는 힘의 원동력이 무엇일까? 궁금해졌다.

나는 국어교사다. 국어교사답게도 문학수업에서 문학 그 이상을 가르치고자 하는 키팅선생님이 나오는 '죽은 시인의 사회'를 아주 좋아한다. 오죽하면 원서로도 읽었다. 영화는 유료결제를 해야만 볼 수 있었기에 벼르고 벼르다가 결국 3학년 교육학 수업 시간에 학생들과 함께 보고 말았다. 그러다 문득 눈에 밟힌 장면이 있다.

어느 날, 배우가 되고 싶은 닐이 상담을 원하여 키팅 선생님의 기숙사 방을 찾아간다. 대사를 옮겨보면 다음과 같다.

닐: 좁은 방을 받으셨네요.

키팅: 수도자의 서약 같은 거지. 세속적인 것들이 가르치는
　　　데 방해가 된다는구나.

닐: (키팅 아내의 사진을 보며)예쁘시네요.

키팅: 게다가 런던에 있지. 그래서 조금 힘들어.

닐: 어떻게 참으세요?

키팅: 뭘 참아?

닐: 어디든 가고 뭐든지 할 수 있는데 왜 여기 계세요?

키팅: **가르치는 게 좋아. 다른데 가고 싶지도 않아.**

　"키팅선생님처럼 참교사는 분명히 존재합니다. 교직에서 빠져나갈 구멍을 지속적으로 찾고 있는 우리와 달리, 5-60대 선생님들은 우직하고도 묵묵하게 현장에서 일을 해내고 계세요. 어떻게 그럴 수 있을까요?"

　내가 이 질문을 던졌을 때 밀랑은 다음과 같이 대답한다.

　"우선 그분들은 체력적으로 분명 힘드실 텐데도 젊은 사람들과 똑같은 일을 하셔. 그래서 일차적으로 존경심이 드는 것 같아. 또한 아이들 하나하나에 관심과 애정이 아주 많으시지. 성향이나 특징에 대해 파악도 빠르시고 칭찬도 잘하시고.

　그렇지만 결국 우리와 같은 일을 하고 계시잖아? 우리도 그만큼 일을 하잖아. 그러나 우리가 그분들을 대단하다는 생

각하는 이유는 좀 다른 부분인것 같아. 나의 경력이 20년을 향해 달려가는 이 시점에 나 자신도 신규시절과 몹시 다르다는 걸 느껴. 모든 사람의 열정은 시간이 갈수록 변하지 않나? 그런데 우리가 이야기하고 있는 선배 선생님들은 변함없이 신규 때의 열정과 학생들에 대한 애정을 몸에 지니신 분들인 것 같아. 그래서 결국 평교사로 정년을 하시는 분들에게 우리는 진심으로 감탄하고 존경심을 가지게 되지."

우리는 고개를 끄덕였다. 현장에서 우리가 만난 선배 선생님들은 분명 훌륭하신 선생님들이시고, 학생들도 그분들을 따르고 존경한다. 그렇다면, 우리는 과연 그런 모습으로 나이들 수 있을까?

"샘들은 60대까지 일할 수 있어요?"

라는 질문에 밀랑은 몸을 움직이고 일을 할 수 있으면 최대한 하겠다고 답한다. 그 누구보다 열정적인 교사, 밀랑다운 생각이다.(사실 예상했다.) 그러나 유똑은 보다 현실적인 답변을 한다.

"나는 정년을 해야할 것 같아요. 공부를 오래 했으니, 공부한 시간의 다섯 배 정도는 일을 해야 하지 않을까? 또한 부양가족이 있기 때문에 최대한 일을 해서 돈을 벌어야 할 것 같아요. 내가 60대에 우리 딸이 대학생이야."

돈을 벌기 위해서 정년까지 일을 한다고 해도 교사가 그런 생각을 해도 되는가? 라고 누군가는 말할지 모르겠지만, 우리는 모두 고개를 끄덕이며 수긍하였다. 교직도 하나의 직업이고, 직업은 생계수단이다. 보다 현실적인 이야기가 나온다.

"그런데 정년을 해도 연금이 나오기까지 3년 정도 수입이 없잖아. 마지막까지 수입이 있어야 할 것 같기는 해."

밀랑의 말이다. 결국 우리는 정년까지 일을 할 수는 있지만, 정년 이후에 수입에 대해 또다시 고민해야 한다.

그런데 막상 젊은 나이에 일을 그만두는 사람을 주위에서 흔히 보지 못한다. 우리 모두가 씩씩대면서도 참고 견디며 일을 하고 있다. 이 이유에 대해 유독은 교사의 성향을 언급했다. 공무원을 선택한 사람들의 성향 자체가 안정적인 것을 추구하고, 변화를 싫어하는 성향인게 아닐까? 담임을 하는 것이 대단하다고 하지만, 사실 신규때부터 원하든 원하지 않든 늘 해오던 일이기 때문에 거부감없이 그냥 쭉 이어서 하는 게 아닐까? 또한 힘든 일도 있지만, 그 힘든 일이 참고 견딜만 하기 때문에 하고 있는 것 같기도 하고.

교사가 아닌 사람들은 언제나 교사가 편한 직업이라고 이야기한다. 그러나 우리는 일하기 어렵다고 느낀다. 그런데 반대로 생각해 보면, 사실 다른 사람들이 교사가 얼마나 힘든지 모르듯이, 우리도 다른 사람들이 얼마나 힘든지 모르는 것은 아닌가라는 생각이 문득 들었다. 경험해 보지 않은 것이니 비교하기는 조심스럽지만, 회사원 남편을 가진 쫑티는 회사원들의 바쁨과 치열함, 불쌍함은 우리가 주말에 잠시 나가 일을 하는 것과는 차원이 다르다고 했다. 그렇다면, 회사원에 비하면 우리 직업이 사실 편하기 때문에 그들보다 오래 버틸 수 있는 걸까?

이에 대해서도 유똑은 나름의 명쾌한 답을 내린다.

"글쎄요, 내가 생각할 때 우리의 일은 '기여'에 가깝다고 봐요. 사실 보수가 적은 편인데, 가르치는 것 외에도 시험출제 및 학생부 작성의 압박은 엄청난 스트레스거든요. 일과 후에도 일을 하고, 방학 때도 일을 하고. 다른 직종보다 편하다고는 하지만, 우리가 받는 스트레스는 어느 직종과 비교해도 만만치 않다고 봅니다."

즉, 일종의 봉사의 성격을 가진 일이라는 것이다. 쫑티는 이렇게 답했다.

"음... 일단 5-60대 선생님들이 교단을 떠나지 않는 첫 번째 이유는 아이들이 좋아서일 것이야. 아이들에게 환멸을 느끼거나 상처를 받는 경험이 없었을 수도 있을 것이고. 만약 내가 그런 경험이 있다면 당장 퇴직했을 것 같은데. 그리고 두 번째 이유는 진짜로 현실적이면서도 금전적인 문제 때문이겠지. 대신 어떤 이유로 일을 하시든지 나이가 많을수록 호봉이 높잖아? 그런데 그만큼의 책임감은 있어야 할 것 같아. 나는 그분들이 보란 듯이 더 열심히 일을 하셔야 한다고 생각해. 존경받고 귀감이 되시는 분들이 존재하는 반면, 억지로 일을 하시는 것처럼 보이는 분들이 계신단 말이지. 나이가 들수록 더 노력해야 하는 부분이 있다고 생각해."

그렇다. 우리가 선배 교사가 되었을 때 어떠한 모습으로 후배들 앞에 설지를 생각해 볼 필요가 있다. 선생님들이 다양한 의견을 제시해주었는데, 나는 이 일의 본질에 접근했다.

나는 일을 그만둔다고 생각하면 수업을 못하는 게 너무 아까워서 견딜 수 없기 때문에 일을 그만둘 수 없다. 수업과 동아리 지도가 재미있다. 그런데 퇴직하면 그 재미있는 걸 못하기 때문에 퇴직이 망설여지는 듯하다. 아마 선배 선생님들이 열정적인 이유는 여전히 수업이 재미있기 때문이 아닐까? 키팅선생님처럼 진짜로 '좋아'서. 나는 이 일을 하면서 아이들 속에 있는 것을 이끌어 내어 성장하는 모습을 보는 것이 최고의 보람이며 즐거움이고, 이 보람을 최대한 오래 느껴보고 싶다.

정년까지 일을 지속하는 이유는 다양할 수 있다. 금전적이든, 사명감이든, 관성에서 이 직업을 유지하든, 아이들을 좋아해서든. 다양한 이유가 있을 것이다. 과연 내가 정년까지 일을 한다면 어떠한 이유로 정년까지 버텼을런지, 궁금하다. 이유는 다양한 반면, 나이가 들어서도 전문직으로서 최선을 다해 맡은 일에 임하며 부끄러운 모습은 보이지 않아야 한다는 점은 공통적인 의견이었다.

아이들과의 수업이 계속해서 재미있고 인생의 보람이 되기를 바라본다. 키팅선생님처럼, 하고 싶은 수업, 재미있는 수업, 좋아서 하는 수업이 결국에는 일을 그만두게 만드는 원인이 될 수 있을지언정, 마지막까지 내가 하고 싶은 일을 하다가 마무리하고 싶은 자그마한 바람을 글로 써 본다.

에필로그

밀랑

김이투박 모임에서 독서 모임을 하기로 하였을 때 나는 너무 기뻤다. 나는 글을 읽는 것을 좋아하는 편이고 이는 주위 사람들과 비교해도 많이 부족하다고 느낀 적이 없었기 때문이다. 특히 대학에 들어가서 과 친구들이 정말 책을 읽지 않는다고 느끼면서 이과생들이 보통 이렇구나라고 생각한 적도 제법 있었다.

그러나 나도 스마트폰이 주는 달콤함에 무릎을 꿇고 말았다. 현대 기술이 주는 안락함과 달콤함에 흠뻑 길들어진 나는 책 대신에 팟캐스트와 유튜브의 노예가 되고 말았다. 나는 비교적 늦게 스마트폰을 소유하였는데 늦게 배운 도둑질에 날 새는 줄 모른다는 상투적 표현처럼 스마트폰을 사용한 처음 몇 년 동안 단 한 권의 책도 읽지 않았다. 갈수록 줄 글을 읽기 싫어하는 나를 발견하였고 학교 내 업무용 메신저에 개괄식으로 글을 써서 보내지 않는 사람이 일머리가 없어 보이기도 하였다.

그러한 생활에 스스로가 문제의식을 조금씩 가지고 있을 때라 독서 모임 의견이 나왔을 때 나는 매우 기뻐했다. 우리는 한 달에 한 권씩 읽고 책을 선정한 사람이 몇 가지 과제를 내면 각자 그에 대한 의견을 써서 교환하는 식으로 독서 모임을 가졌다. 오프라인 모임이 어려울 때면 온라인으로 만나서라도 진행했으며 웬만하면 한 달에 한 권씩 읽으며 성실하고 진지하게 모임을 이어 나갔다.

돌아가면서 책을 추천하다 보니 평소 나라면 전혀 읽지 않을 법한 취향의 책도 읽게 되었는데 무엇보다 나는 이 점이 가장 좋았다. 그러면서 줄글을 읽고 나의 머릿속 이미지를 맞추어 나가는 작업이 주는 기쁨을 맛보았으며 핸드폰은 놓고 책을 다시 찾게 되었다. 어릴 때 읽었던 '데미안'이나 '천국의 열쇠' 등 고전을 다시 읽으면서 그때는 전혀 이해하지 못하고 지나갔음을 확인하였고 지금 내가 이것을 이해하고 감동을 받는다는 것 자체로 나에겐 묵직하고도 진한 기쁨이었다.

나는 기본적으로 지인들이 어디를 가자, 무엇을 먹자, 어느 카페를 가자고 할 때 대부분 좋다고 말하는 편인데 이것은 내가 착해서가 아니라 크게 불호가 없는 취향이라 그런 것이다. 나의 목적은 사람들을 만나는 데 있지 무엇을 먹을지, 어디를

갈지는 크게 중요하지 않다고 늘 생각했기 때문이다. 그런데 책을 만들어보자는 의견에는 나는 반대를 하였다. 확실하게 처음부터 나는 반대하였다. 처음에는 호기롭게 시작하여도 하다 보면 일에 치이고 가정사에 치이다 보면 이 일을 매우 거추장스럽고 부담스럽게 느낄 수가 있기 때문이었다.

무엇보다도 너무 겁이 났기 때문이었음을 지금 솔직하게 고백한다. 내가 책을 쓴다니? 내가? 개괄식 내용을 좋아하고 심지어 두괄식이 아닌 미괄식의 글도 참지 못할 때가 있는 내가 글을 쓰다니……. 앞이 아득해지는 기분이었다. 매일 출근하면서 독서 모임을 하기 위해 책을 읽고 나름 과제도 해야하는데 거기다 책을 쓰자니……. 이들은 역시나 나보다 훨씬 낙천적이고 창의적인 인간들임에 틀림없었으며 나는 그들이 이끄는 대로 어느덧 가고 있었다.

나는 일단 시작하면 끝을 보고 싶어 하는 성격인데 이런 나를 다들 잘 이해해 주고 맞춰주었다. 모임 날짜를 정하고 독서 과제를 제출하기로 정해지면 나는 기한 내 작성하였다. 책을 위한 글을 언제까지 쓸지 혹은 수정할지 주도적으로 정하기도 하였다. 한 번 정해지면 나는 미루지 않았으며 나보다 훨씬 바쁜 삶인 그들은 고맙게도 잘 따라와 주었다.

이렇게 나의 공치사를 길게 쓰는 이유는 내가 한 역할이 딱 이것뿐이기 때문이다. 나는 딱 이 역할만 하였고 책의 방향성이나 주제, 읽고 난 이후의 소회 등 그 어떠한 것에도 나의 지분이 없기 때문이다. 특히 창의성이 필요한 부분에서는 더욱 그러하다. 이 책이 무사히 나온다면 이것은 순전히 나 이외의 세 명 덕분임을 밝혀둔다. 시작부터 끝까지 모든 면에서 말이다.

책의 모든 그림을 그리고 웹툰 스토리를 짠 질리.
교육청에 제출할 보고서를 작성하고 출판사와 연락하여 책의 틀을 잡아준 유똑.
행정적인 도움이 필요할 때마다 교육청과 연락하여 길을 터준 쫑티.

그들의 역할에 진심으로 감사함을 표한다.

글을 쓰는 과정에서 서로가 서로를 배려하는 모습을 보며 우리의 관계가 앞으로 나아가고 있음을 체감하곤 하였다. 매일 같은 일상을 반복하지만 교사로서 가르치는 것에 고민하고 신규 교사일때의 모습을 떠올리며 현재의 모습을 반성하기도 하는 우리는 선생님으로서도 앞으로 걸어가고 있다.
우리가 독서 모임을 하면서 서로가 얼마나 다른지 나는 알게 되었다. 같은 문제에 완전히 다른 관점을 제시하는 걸 보고 서로가 얼마나 다른 성향인지 깨달으며 나는 피식 웃곤 했다. 사람을 16가지 유형으로 구분 짓는 것은 바보 같은 일이라며 MBTI를 유사 과학의 어디쯤 있는 것이라 비웃는 무리 중 내가 있었다. 그런 내가 이 글을 쓰는 지금 '역시 나는 T이고 셋은 F구만!' 하고 내적 기쁨에 무릎을 친다.

이 책이 나올 수 있게 만든 F인 그들에게 다시 한번 깊은 감사를 전하며.